Alice Harikalar Diyarında

TÜRKİYE İŞ BANKASI
Kültür Yayınları

LEWIS CARROLL
ALICE HARİKALAR DİYARINDA

ÖZGÜN ADI
ALICE'S ADVENTURES IN WONDERLAND

ORİJİNAL İNGİLİZCE METİNDEN
KISALTILMADAN ÇEVRİLMİŞTİR

ÇEVİREN
SİNAN EZBER

EDİTÖR
NEVİN AVAN ÖZDEMİR

GRAFİK UYGULAMA
TÜRKİYE İŞ BANKASI KÜLTÜR YAYINLARI

1. BASKI, TEMMUZ 2006
5. BASKI, HAZİRAN 2008
Genel Yayın Numarası: 1396

ISBN 978-9944-88-276-7

BASKI
EUROMAT ENTEGRE MATBAACILIK ANONİM ŞİRKETİ
(0212) 451 70 70
SANAYİ CAD. NO: 17
ÇOBANÇEŞME-YENİBOSNA 34510 İSTANBUL

TÜRKİYE İŞ BANKASI KÜLTÜR YAYINLARI
İSTİKLAL CADDESİ, NO: 144 KAT: 4 BEYOĞLU 34430 İSTANBUL
Tel. (0212) 252 39 91
Fax. (0212) 252 39 95
www.iskultur.com.tr

Şizi çok seviyoruz!...

Nilhan, Merve, Nisa, Sena
Elvan, Mehmet Akkaça'nız

....08.2012

Alice Harikalar Diyarında

Lewis Carroll

Çeviren
Sinan Ezber

TÜRKİYE İŞ BANKASI
Kültür Yayınları

Altın renginde ışıldarken güneş
   Ağır ağır ilerliyoruz öğle vaktinde;
O küçücük kollarımızla,
   Çekiyoruz kürekleri beceriksizce,
Gideceğimiz yere varabilmek için
   Boşuna çabalıyoruz ufacık ellerimizle.

Ah, hain Üç! Saat tam üç iken,
   Böylesine eşsiz bir günde,
Güçsüz bir nefes değil bir masal için yalvarmak
   Kımıldatamaz en hafif tüyü bile!
Fakat zavallı bir ses karşı koyabilir mi
   Hem de üç tane dile?

Haykırdı o gür sesiyle
   Buyurgan Birinci: "Masal başlasın!"
Sakin bir sesle belirtti dileğini İkinci:
   "Masalın içinde gerçek olmasın!"
Daha bir dakika bile olmamıştı ki
   Araya girdi Üçüncü ansızın.
İşte, düşlerindeki sessizlik,
   Çöktü birden havaya
İlerliyor masalımızdaki çocuk
   Bu yeni harikalar diyarında,

Kuşlarla ve hayvanlarla dostça konuşuyor
    Pek azları inansa da doğruluğuna.

Masalın sonuna yaklaşırken
    Düş gücünün kuyuları kurur;
Sonraya saklamak için masalın gerisini,
    Gittikçe yavaşlar masalcının sesi;
"Devamı bir dahaki sefere –" "Bir dahaki sefere!"
    Ve mutlu seslerin yerini alır gözyaşları.

Harikalar diyarının öyküsü işte böyle başladı:
    Yavaş yavaş, bölüm bölüm,
Tuhaf olaylar birer birer sıraya konuldu
    Ve en sonunda çözüldü düğüm
Artık eve dönüyoruz, batan güneşin altında,
    Tayfamızda yok hüzün.

Alice! Bir çocuk masalının kahramanı,
    Masalın şefkatli kolları ile yerleşti,
Çocukluk düşlerinin saklı olduğu
    Hafızanın gizemli köşelerine.
Hacıların çiçekleri solmuş çelenkleri gibi
    Gönderildi çok uzak ülkelere.

NOEL KUTLAMALARI

(Bir Periden Bir Çocuğa)

Küçükhanım, periler bırakırlarsa
Kurnazca hileleri ve oyunları
Bir anlığına da olsa,
Bilin ki bu bir Noel zamanı.

Çocuklar diyordu şöyle,
O sevdiğimiz, akıllı çocuklar:
Uzun zaman önce, bir Noel gününde,
Göklerden bir mesaj indi bizlere.

Bugün bile Noel zamanı geldiğinde
Bu mesajı unutmadıklarını duyduk
O güzel söz yine dillerde
"Dünyaya barış, insanlara mutluluk!"

Ancak çocuklaşmalı tüm yürekler
İçlerine gökten misafirler dolan.
Neşe içindeyken küçükler,
Onlar için Noel'dir her zaman.

Bu yüzden unuturlar bir anlığına periler
Kurnazca hileleri ve oyunları.
Elimizden geldiğince dileriz bizler,
Sizlere mutluluk dolu en güzel yılları!

BÖLÜM I

TAVŞAN DELİĞİNİN AŞAĞISINDA

Alice, nehrin kıyısında ablası ile birlikte oturmaktan sıkılmaya başlamıştı. Yapacak hiçbir şey yoktu; bir iki kez uzanıp ablasının okumakta olduğu kitaba göz atmış, fakat kitapta hiç resim ve konuşma göremeyince, aklından "İçinde resim ve konuşma olmayan bir kitap ne işe yarar ki?" diye geçirmişti.

Tam papatyalardan bir zincir yapmanın, ayağa kalkıp papatya toplama zahmetine değip değmeyeceğini düşünürken (elinden geldiğince düşünmeye çalışıyordu, çünkü sıcak hava uykusunu getirmiş, onu aptallaştırmıştı) birden çok yakınından pembe gözlü bir Beyaz Tavşan koşarak geçti.

Bunda şaşılacak bir şey yoktu; Tavşan'ın "Aman Tanrım! Aman Tanrım! Çok geç kaldım!" dediğini işitmesi de Alice'in o kadar dikkatini çekmedi; (sonradan bunun üzerine tekrar düşündüğünde bu olaya şaşırmış olması gerektiği aklına geldi, ancak o sırada her şey gözüne olağan görünmüştü); fakat Tavşan, gerçekten de yeleğinin cebinden bir saat çıkardığında ve aceleyle koştururken saate baktığında, Alice daha önce ne yelek cebi olan ne de yeleğinin cebinden saat çıkartan bir tavşan görmemiş olduğunu düşündü. Bunun üzerine içini kasıp kavuran bir merakla Tavşan'ın peşi sıra koşarak tarlayı geçti. Tam bu sırada Tavşan'ın hemen çitin altındaki büyük bir tavşan deliğinden aşağı atladığını gördü.

Tekrar nasıl yukarı çıkacağını aklından bile geçirmeden Tavşan'ın ardından kendini aşağı bıraktı.

Tavşan deliği önce düz bir tünel gibi uzanıyor, sonra birden aşağıya doğru eğim alıyordu; bu eğim o kadar keskindi ki, Alice durmayı düşünecek zamanı bulamadan kendisini oldukça derin görünen bir kuyuya düşerken buldu.

Ya kuyu çok derindi ya da Alice çok yavaş düşüyordu; çünkü aşağı düşerken etrafındakilere bakıp başına daha nelerin geleceğini düşünecek kadar zamanı olmuştu. İlk olarak nereye düştüğünü anlamak için aşağı bakmayı denedi, ancak ortalık herhangi bir şey görmesini engelleyecek kadar karanlıktı; bunun üzerine kuyunun duvarlarına bakınca duvarların dolaplarla ve kitap raflarıyla kaplı olduğunu fark etti, her yerde çivilere asılmış haritalar, resimler vardı. Düşerken rafların birinden bir kavanoz kaptı. Kavanozun etiketinde "PORTAKAL MARMELADI" yazıyordu, fakat üzülerek içinin boş olduğunu gördü. Olur ya, aşağıdaki birini öldürürüm korkusuyla kavanozu boşluğa bırakmayıp düşerken raflardan birine koymayı başardı.

"Hımm!" diye düşündü Alice kendi kendine. "Böyle bir düşüşten sonra merdivenlerden yuvarlanmak vız gelir! Kim bilir evdekiler ne kadar cesur olduğumu düşünecek! Evin en üst katından bile düşsem yakınmam artık!" (Ki bu oldukça olasıydı.)

Aşağı, aşağı, aşağı. Bu düşüşün sonu hiçbir zaman gelmeyecek miydi? "Acaba şimdiye dek kaç mil düşmüşümdür?" dedi sesli bir biçimde. "Dünyanın merkezine yakın bir yerlere gidiyor olmalıyım. Bir bakalım; sanırım bu, yeryüzünün dört bin mil aşağısı demek –" (gördüğünüz gibi, Alice okulda buna benzer bilgiler edinmişti; yanında kendisini dinleyecek kimse olmadığından, bu bilgileri göstermek için pek iyi bir fırsat sayılmazdı, yine de bilgilerini tekrarlamak iyi bir alıştırma sayılırdı) "– evet, bu doğru uzaklık; peki ama hangi enlem ve boylamdayım? (Alice'in, enlemin ve boylamın ne oldukları konusunda en ufak bir fikri yoktu, fakat bunların söylemesi hoş, önemli sözcükler olduğunu düşüyordu.)

Sonra yine başladı. "Acaba dünyanın öbür tarafından çıkar mıyım! Kim bilir baş aşağı yürüyen insanların arasında bitivermek ne kadar eğlenceli olur! Antipatiler, sanırım –" (yanında kendisini dinleyen kimsenin olmadığına seviniyordu, çünkü bu sefer doğru sözcüğü söylemiş olduğu konusunda kuşkuluydu) "– olsun, onlara hangi ülkeden olduklarını sorarım. Sayın Hanımefendi, acaba burası Yeni Zelanda mı? Yoksa Avustralya mı?" (böyle konuşurken reverans yapmayı denedi – boşluktan düşerken reverans yaptığınızı bir düşünsenize! Sizce başarabilir miydiniz?) "Böyle sorarsam ne kadar bilgisiz bir kız olduğumu düşünecektir! Hayır, en iyisi sormamak: Belki oranın neresi olduğunu bir tabeladan da öğrenebilirim."

Aşağı, aşağı, aşağı. Yapacak hiçbir şey yoktu, bu yüzden Alice yeniden konuşmaya başladı. "Öyle görünüyor ki Dinah bu gece beni çok özleyecek!" (Dinah, Alice'in kedisinin adıydı.) "Umarım çay saatinde önüne bir kap süt koymayı unutmazlar. Ah, sevgili Dinah! Keşke şimdi yanımda olsaydın! Korkarım boşlukta fare bulamazsın, fakat belki bir yarasa yakalardın, biliyorsun yarasalar farelere çok benzer. Acaba kediler yarasa yer mi?" Alice'in uykusu gelmişti. Düşle karışık bir halde kendi kendine konuşmayı sürdürdü, "Kediler yarasa yer mi? Kediler yarasa yer mi?" hatta ara sıra, "Yarasalar kedi yer mi?" diye soruyordu. Görüyorsunuz ya, her iki soruya da yanıt veremediğinden nasıl sorduğunun pek bir önemi yoktu. Alice, hafif bir uykunun bastırdığını hissetti; düşünde Dinah ile el ele yürürken onunla ciddi ciddi konuşuyordu, "Dinah, bana doğruyu söyle, sen hiç yarasa yedin mi?" Tam bu sırada, çat! pat! Alice bir çalı çırpı tepeciğinin üzerine düştü ve düşüş sona erdi.

Alice, en ufak bir acı hissetmedi ve hemen ayağa kalktı. Başını kaldırdı, fakat yukarısı çok karanlıktı; önünde başka bir uzun koridor uzanıyordu ve aceleyle koridora inen Beyaz Tavşan'ı hâlâ görebiliyordu. Yitirecek bir dakika bile yoktu. Alice bir rüzgar gibi peşinden gitti ve tam köşeyi dönerken Tavşan'ın "Ah, kulaklarım, ah bıyıklarım, geç kalıyorum!" dediğini duydu. Alice, Tavşan'a epeyce yaklaşmıştı, fakat köşeyi döndüğünde Tavşan gözden kaybolmuştu. Kendisini tavanına bir dizi lamba asılı olan uzun, alçak tavanlı bir geçitte buldu. Geçidin her yanında kapılar vardı, ancak hepsi kilitliydi; Alice her bir kapıyı tek tek deneyip mutsuz bir biçimde aşağı doğru ilerlerken buradan tekrar nasıl çıkacağını düşünüyordu.

Birden, tamamen camdan yapılmış, üç bacaklı küçük bir masayla karşılaştı: masanın üzerinde küçük, altın bir anahtardan başka bir şey yoktu. Alice hemen bunun koridordaki kapılardan birine ait olabileceğini düşündü, fakat o da ne! Ya anahtar yuvaları çok büyüktü ya da anahtar çok küçüktü, her iki durumda anahtar hiçbir kapıyı açamazdı. Ancak koridoru ikinci kez turlayınca, Alice daha önce fark etmediği alçak bir perde gördü. Perdenin ardında yaklaşık kırk santim boyunda, küçük bir kapıyla karşılaştı; altın anahtarı bu kapıda denedi ve büyük bir mutlulukla anahtarın kilide uyduğunu gördü!

Alice kapıyı açtığında onun sıçan deliğinden geniş olmayan, dar bir geçide açıldığını gördü. Dizlerinin üzerine çöktü ve geçidin sonunda uzanan, o güne kadar gördüğü bahçelerin en güzelini seyre daldı. O karanlık koridordan çıkıp bu parlak çiçek tarlalarının ve serin çeşmelerin arasında dolaşmayı o kadar çok istiyordu ki! Ancak kapıdan başını bile geçirememişti; "Başım kapıdan geçse bile," diye düşündü zavallı Alice, "omuzlarım geçmedikten sonra ne işe yarar ki. Ah, keşke bir teleskop gibi kısalabilsem! Nereden başlayacağımı bilirsem başarabilirim sanırım." Gördüğünüz gibi Alice kısa zamanda o kadar çok sıra dışı olay yaşamıştı ki, pek az şey ona gerçekten olanaksız gibi görünüyordu.

Küçük kapının yanında durup beklemenin bir anlamı yok gibi görünüyordu, bu yüzden Alice belki başka bir anahtar ya da insanlara bir teleskop gibi kısalmayı öğreten bir kitapçık bulurum umuduyla masaya geri döndü. Bu kez masada küçük bir şişe buldu ("daha önce şişe burada değildi", dedi Alice), şişenin boynuna bağlanmış ipin ucunda, üzerinde büyük, şık harflerle "BENİ İÇ" yazan bir etiket sallanıyordu.

"Beni iç!" demek kolaydı tabii, fakat küçük akıllı Alice bunu hemen yapmayacaktı. "Hayır," dedi, "önce üzerinde 'zehir' yazıp yazmadığına bir bakacağım"; Alice, daha önce yanan, yabani hayvanlar tarafından yenilen ve başlarına daha pek çok kötü olay gelen çocuklarla ilgili güzel öyküler okumuştu; tüm bunların nedeni, arkadaşlarının kendilerine öğrettikleri basit kuralları anımsamamış olmalarıydı: Örneğin eğer kızgın bir ocak maşasını uzun süre elinizde tutarsanız eliniz yanar ya da bir bıçakla parmağınızı çok derinden keserseniz parmağınız genellikle kanar; Alice'in unutamadığı bir diğer kural da, üzerinde "zehir" etiketi olan bir şişeden çok fazla içmenin er geç size zarar verecek olmasıydı.

Ancak bu şişenin üzerinde "zehir" etiketi yoktu, bunun üzerine Alice tadına bakmaya karar verdi, tadının hoş olduğunu görünce (aslında tadı vişneli tart, krema, ananas, hindi bifteği, şekerleme ve yeni pişmiş yağlı bir tostun karışımını andırıyordu) bir dikişte şişenin hepsini bitirdi.

* * * * *

* * * *

* * * * *

"Ne tuhaf bir duygu!" dedi Alice. "Tıpkı bir teleskop gibi kısalıyor olmalıyım!"

Gerçekten de öyleydi: Şimdi boyu yalnızca yirmi beş santimdi; küçük kapıdan geçip göz alıcı bahçeye ulaşmak için uygun boyuta geldiğini anlamasıyla yüzü ışıl ışıl oldu. Fakat ilk önce biraz daha kısalıp kısalmayacağını görmek için bekledi; bu durum kendisini biraz huzursuz hissetmesine neden olmuştu; "Tıpkı bir mum gibi," dedi kendi kendine, "tamamen eriyip tükenebilirsin, biliyorsun," dedi. "Acaba o zaman neye benzerim?" Bunun üzerine mum söndüğünde alevlerin nasıl görünebileceğini düşledi, çünkü daha önce böyle bir şeye tanık olmamıştı.

Bir süre sonra daha fazla bir şey olmadığını görünce bir an önce bahçeye girmeye karar verdi, fakat eyvah! Zavallı Alice! Kapının önüne geldiğinde küçük altın anahtarı masanın üzerinde unuttuğunu fark etti, anahtarı almak için geri döndüğünde masaya ulaşmasının olanaksız olduğunu gördü. Anahtarı cam sayesinde açıkça görebiliyordu, masanın bacaklarından birine tırmanmak için elinden geleni yaptıysa da başaramadı, masa çok kaygandı; zavallı küçük kız, denemekten yorulunca oturup ağlamaya başladı.

"Haydi ama, böyle oturup ağlamanın bir yararı yok!" dedi sert bir sesle kendi kendine. "Bir an önce ağlamaktan vazgeçmeni öneriyorum!" Alice genellikle kendisine güzel önerilerde bulunurdu (her ne kadar bu önerileri pek dikkate almasa da), ve bazen kendisini o kadar sert bir dille azarlardı ki, gözleri dolardı; hatta bir keresinde kendi kendisiyle çomak oyunu oynarken yaptığı hile nedeniyle kendi kulaklarını çekmeye yeltendiğini anımsadı. Bu tuhaf kız, iki kişi gibi hareket etmekten çok hoşlanırdı. "Fakat şimdi iki kişi gibi davranmanın yeri değil!" diye düşündü zavallı Alice, "aslında şimdiki halimle benden bir tane bile insan çıkmaz!"

Az sonra gözü masanın altında durmakta olan küçük, cam bir kutuya takıldı; kutuyu açtığında içinde çok küçük bir kek buldu, kekin üzerinde kuşüzümleriyle özenle "BENİ YE" yazılmıştı. "O zaman ben de yerim," dedi Alice, "eğer beni tekrar büyütürse anahtara ulaşabilirim, küçültürse sürünerek kapının altından geçebilirim: yani her iki durumda da bahçeye girebilirim, ne olacağı umurumda bile değil!"

Bunun üzerine kekten ufak bir ısırık aldı ve tedirgin bir biçimde kendi kendine "Büyüyecek miyim yoksa küçülecek miyim?" diyor, aynı anda elini başının üstüne koyup hangi yöne çektiğini kestirmeye çalışıyordu. Boyunda hiçbir değişiklik olmadığını fark edince çok şaşırdı. Aslına bakarsanız kek yedikten sonra olması gereken de buydu; fakat Alice sürekli sıra dışı olaylarla karşılaşma beklentisi içinde olduğundan, karşılaştığı sıradan olaylar ona oldukça sıkıcı ve aptalca geliyordu.

Böylece keki yemeye devam etti ve kısa sürede hepsini midesine indirdi.

BÖLÜM II
GÖZYAŞI HAVUZU

"Çok tuhaf, daha tuhaf!" diye haykırdı Alice (o kadar şaşırmıştı ki düzgün konuşmayı unutmuştu). "İşte, dünyadaki en büyük teleskop gibi uzuyorum! Güle güle ayaklarım!" (Alice, ayaklarına baktığında onların neredeyse görünmediğini fark etti, gittikçe uzaklaşıyorlardı.) "Ah, zavallı küçük ayaklarım, artık size ayakkabılarınızı, çoraplarınızı kim giydirecek, canlarım benim? Ben giydiremem, bundan eminim! Bu zahmete giremeyecek kadar uzağım sizlere; elinizden geleni yapmalısınız – fakat onlara iyi davranmalıyım," diye düşündü Alice, "yoksa gitmek istediğim yere yürümeyebilirler! Bir bakalım, her Noel'de onlara yeni bir çift bot hediye edebilirim."

Bunun üzerine kendi kendine bunu nasıl yapacağını tasarlamaya başladı. "Botları nakliyeci ile göndermek gerekir," diye düşündü; "birinin kendi ayaklarına hediye göndermesi kim bilir ne kadar gülünç karşılanır! Üstelik adres de oldukça tuhaf görünecek!

Sayın Alice'in Sağ Ayağı
Şöminenin önündeki
Kilimin üzeri.
(Alice'ten sevgilerle)

Aman Tanrım, ben neler saçmalıyorum!"

Tam bu sırada başı geçidin tavanına çarptı; boyu neredeyse üç metreye ulaşmıştı, küçük altın anahtarı kaptığı gibi bahçe kapısına yöneldi.

Zavallı Alice! Elinden yere uzanıp bir gözüyle bahçeyi izlemekten başka bir şey gelmiyordu; kapıdan geçmek şimdi daha da güçtü; oturup yeniden ağlamaya başladı.

"Kendinden utanmalısın," dedi Alice, "senin gibi kocaman bir kız," (bu konuda haklıydı), "böyle oturup ağlamamalı! Derhal kes ağlamayı, sana söylüyorum!" Fakat Alice ağlamaya devam etti. O kadar çok gözyaşı akıttı ki, bir süre sonra etrafında on santim derinliğinde, geçidin yarısına gelen genişçe bir havuz oluştu.

Bir süre sonra uzaklardan birisinin adımlarını duyunca hemen gözlerini silip kimin geldiğini görmek için baktı. Gelen, görkemli elbiselere bürünmüş Beyaz Tavşan'ın ta kendisiydi; bir elinde beyaz renkli bir çift küçük eldiven, diğer elinde de büyükçe bir yelpaze vardı. Aceleyle koşuştururken kendi kendine söyleniyordu, "Ah, Düşes, Düşes! Ah, Onu çok beklettiğim için bana kızmaz umarım!" Alice kendisini o kadar umutsuz hissediyordu ki, herhangi birinden yardım istemeye hazırdı: bu yüzden Tavşan yaklaştığında alçak, tedirgin bir sesle söze girdi, "Affedersiniz, Beyefendi –" Bunun üzerine Tavşan'ın ödü patladı, elindeki küçük beyaz eldivenleriyle yelpazesini düşürdü ve bütün gücüyle kaçıp karanlığın içinde gözden kayboldu.

Alice yelpazeyle eldivenleri aldı; geçit çok sıcak olduğundan konuşmaya kendisini yelleyerek devam etti. "Aman Tanrım! Bugün her şey ne kadar da tuhaf! Halbuki dün her şey normaldi, acaba gece bir değişikliğe mi uğradım? Bir düşüneyim: Bu sabah kalktığımda ben aynı Alice miydim? Yanlış anımsamıyorsam kendimi biraz farklı hissediyordum. Fakat eğer aynı değilsem sıradaki soru 'O zaman ben kimim?' olmalı, ah, bu çok karışık bir durum!" ve böylece Alice, belki onlardan biriyle değişmişimdir düşüncesiyle kendisiyle yaşıt olan tanıdığı bütün çocukları bir bir gözünün önünden geçirdi.

"Ada olmadığımdan eminim," dedi, "çünkü onun uzun uzun lüleli saçları var, benim saçımda ise lüle filan yok; Mabel da olamam, çünkü ben her türlü şeyi biliyorum, fakat o çok az şey biliyor! Ayrıca o o, ve ben de benim, ve – ah, kafam karıştı! Acaba eskiden bildiklerimi şimdi de biliyor muyum, bir deneyeyim. Bir bakalım: Dört kere beş on iki eder, dört kere altı ise on üç, ve dört kere yedi – ah! Hiçbir zaman yirmiye ulaşamayacağım! Bu Çarpım Tablosu çok karışık: coğrafyayı deneyeyim. Londra Paris'in başkentidir, ve Paris de Roma'nın başkentidir, Roma ise – hayır bunların hepsi yanlış. Bundan eminim! Kesinlikle Mabel olmuş olmalıyım! 'Küçük timsah –' şarkısını söylemeye çalışacağım," bunun üzerine, tıpkı ders çalışıyormuş gibi ellerini dizlerinin üzerinde kavuşturarak söylemeye başladı, fakat sesi boğuk ve tuhaf çıkıyordu, sözcükler de eskisi gibi değildi:

"Nasıl oynatır küçük timsah
Parlayan kuyruğunu,

Nasıl Nil'in suyunda
Islatır her bir altın pulunu!

Nasıl neşeyle gülümsüyor gibidir,
Nasıl düzgünce gerer pençelerini,
Hafifçe gülümseyen çenesiyle,
İçeri davet eder küçük balıkları!"

"Bunların doğru sözcükler olmadığından eminim," dedi zavallı Alice, konuşurken yine gözleri dolmuştu, "demek ki Mabel olmuşum, gidip o küçük kulübede yaşamak zorunda kalacağım, oynayacak hiçbir oyuncağım olmayacak, üstelik , ah, öğrenecek bir sürü şey olacak! Hayır, bu konuda kararımı verdim: Eğer ben Mabel'sam burada kalacağım! İnsanların başlarını aşağı uzatıp da 'Haydi, yukarı gel tatlım!' demelerinin bir yararı olmayacak. Ben yalnızca başımı kaldırıp bunu söyleyene 'Ben kimim o zaman? İlk önce bunu söyleyin, eğer kim olduğum hoşuma giderse yukarı gelirim; yok eğer gitmezse bir başka kişi olana dek burada kalırım!' diyeceğim – fakat, aman Tanrım!" diye haykırdı Alice birden gözyaşlarına boğularak, "Keşke birileri başlarını aşağı uzatsa! Burada yalnız kalmaktan o kadar sıkıldım ki!"

Bunu söyledikten sonra başını eğip ellerine baktı ve şaşırarak konuşurken Tavşan'ın küçük beyaz eldivenlerinden birini giymiş olduğunu fark etti. "Bunu nasıl yapmış olabilirim?" diye düşündü. "Yeniden küçülüyor olmalıyım." Ayağa kalkarak boyunu ölçmek için masaya yöneldi ve tahmin ettiği gibi yaklaşık yarım metre olduğunu ve hızla daha da kısaldığını gördü: Kısa süre sonra bunun nedeninin elinde tuttuğu yelpaze olduğunu anladı, tam zamanında yelpazeyi yere atarak kendini daha fazla kısalıp yok olmaktan kurtardı.

"Ucuz kurtuldum!" dedi Alice; böylesine ani bir değişimden oldukça korkmuş olsa da, hâlâ var olduğu için mutluydu. "Şimdi bahçeye gelelim!" bunun üzerine hızla küçük kapıya doğru koştu, ancak da ne! Küçük kapı yine kapanmıştı ve küçük altın anahtar da eskisi gibi cam masanın üzerinde duruyordu, "şimdi her şey eskisinden de kötü," diye düşündü zavallı kız, "daha önce hiç bu kadar küçülmemiştim, hem de hiç! Bu çok kötü bir durum, evet çok kötü!"

Bunları söylerken ayağı kaydı ve hemen cup! Çenesine kadar tuzlu suyun içine battı. İlk aklına gelen, bir şekilde denize düşmüş olduğuydu, "Eğer denize düşmüşsem trenle geri dönebilirim," dedi kendi kendine. (Alice daha önce yaşamında bir kez deniz kıyısına gitmişti ve buradan çıkardığı genel sonuç, İngiltere kıyılarının neresine giderseniz gidin, birkaç tane duş arabası, tahta kürekleriyle kumu kazan çocuklar, bir dizi yazlık ev ve bu evlerin arkasında bir tren istasyonu bulacağınızdı.) Ancak daha sonra anladı ki, şimdi üç metreyken döktüğü gözyaşlarının oluşturduğu havuzun içindeydi.

"Keşke bu kadar çok ağlamasaydım," dedi Alice bir yol bulmak için oraya buraya yüzerken. "Sanırım kendi gözyaşlarımın içinde boğularak bunun cezasını çekeceğim! Bu tuhaf bir duygu olmalı, bundan eminim! Zaten bugün her şey tuhaf."

Tam bu sırada yakınlarda bir yerlerde bir şeyin suda çıkarttığı sesi duydu ve bunun ne olduğunu görmek için yaklaştı: İlk önce bunun bir mors ya da suaygırı olduğunu düşündü, fakat sonra ne kadar küçük olduğunu anımsadı ve çok geçmeden bunun tıpkı kendisi gibi kaymakta olan bir fare olduğunu gördü.

"Bu fareyle konuşmanın bir yararı olur mu acaba?" diye düşündü Alice, "burada her şey o kadar olağandışı ki, büyük olasılıkla bu fare de konuşabiliyordur; hem denemekten ne çıkar ki!" Bunun üzerine Alice konuşmaya başladı: "Ah Fare, bu havuzdan çıkmak için bir yol biliyor musun? Burada yüzüp durmaktan çok yoruldum, ah Fare!" (Alice, bunun bir fareyle konuşmak için doğru yol olduğunu düşünüyordu. Daha önce hiç böyle bir şey yapmamıştı, fakat ağabeyinin Latince dilbilgisi kitabında buna benzer şeyler gördüğünü anımsıyordu, "Bir fare – farenin – fareye – ah fare!") Fare, Alice'e meraklı gözlerle baktı, sanki o küçük gözlerinden birini kırpıştırmıştı, fakat hiçbir şey demedi.

"Belki de İngilizce bilmiyordur," diye düşündü Alice. "Sanırım bu, Fatih William ile birlikte gelmiş bir Fransız faresi." (Bütün tarih bilgisine karşın Alice'in neyin ne zaman olduğuna ilişkin pek bir fikri yoktu.) Bunun üzerine yeniden konuşmaya başladı: "Où est ma chatte?"* Bu, Fransızca ders kitabının ilk cümlesiydi. Birden fare suyun

* "Kedim nerede!" ç.n.

üzerinde sıçradı, korkudan her yeri titriyor gibiydi. "Ah, affedersiniz!" diye bağırdı Alice hemen, zavallı hayvanın duygularını incitmekten korkmuştu. "Kedilerden hoşlanmadığınızı tamamen unutmuşum."

"Tabii ki de onlardan hoşlanmıyoruz!" diye heyecanla haykırdı Fare tiz bir sesle. "Eğer sen benim yerimde olsaydın, kedilerden hoşlanır mıydın?"

"Hımm, sanırım hayır," dedi Alice rahatlatıcı bir tonda. "Kızmayın lütfen. Yine de size kedimiz Dinah'ı göstermek isterdim. Onu bir görseniz, kedilerden hoşlanırsınız. Çok sevimli, sakin bir hayvandır," diye konuşmasını sürdürdü Alice, tembel tembel havuzda yüzerken bir yandan da kendi kendine konuşuyordu, "şöminenin yanında otururken patilerini yalayıp yüzünü temizler – önüne sütünü koyduğumuzda öyle sakinleşir ki – üstelik fare yakalamakta üstüne yoktur – ah, özür dilerim!" diye bağırdı Alice gene, bu sefer Fare'nin bütün tüyleri kabarmıştı, Alice onun incindiğini anlamıştı. "Eğer istemiyorsanız biz de bir daha onun hakkında konuşmayız."

"İyi olur!" diye bağırdı kuyruğunun ucuna kadar titremekte olan Fare. "Sanki bu konuda konuşmayı ben istedim! Bizim ailede herkes kedilerden nefret eder: Pis, nankör, iğrenç yaratıklar! Bir daha onların adını ağzına alma!"

"Olur, almam!" dedi Alice, bir an önce konuyu değiştirme çabasındaydı. "Siz – siz köpeklerden hoşlanır mısınız acaba?" Fare karşılık vermeyince Alice hevesle devam etti: "Bizim evin yanında, size göstermek istediğim böyle küçük bir köpek var! Parlak gözlü, küçük bir terrier, kahverengi ve kıvırcık tüyleri öyle uzun ki! Üstelik bir şey fırlattığınız zaman size getiriyor, oturup akşam yemeğini vermeniz için ağlıyor ve buna benzer bir sürü şey yapıyor, yaptıklarının yarısını bile anımsamıyorum - sahibi bir çiftçi; o kadar yararlı bir köpekmiş ki yüz pound edermiş! Çiftçi, onun bütün sıçanları öldürdüğünü söylüyor – aman Tanrım!" diye bağırdı Alice üzgün bir biçimde. "Korkarım onu yine incittim!" Çünkü bu sözler üzerine Fare elinden geldiğince Alice'ten uzaklaşmaya başlamıştı, yüzerken çıkardığı sesler havuzu inletiyordu.

Bunu gören Alice, Fare'nin arkasından bağırdı, "Canım Farem! Lütfen geri dön, eğer hoşlanmıyorsan ne kedilerden ne de köpeklerden konuşuruz!" bunu duyan Fare arkasını dönüp yavaşça Alice'e doğru yüzdü: beti benzi atmıştı (öfkeden olsa gerek, diye düşündü Alice), titrek ve alçak bir sesle şöyle dedi, "Haydi kıyıya gidelim, sana yaşamımı anlatayım, o zaman niye kedilerden ve köpeklerden nefret ettiğimi anlarsın."

Gitme zamanı gelmişti, çünkü havuz, içine düşen kuşlardan ve hayvanlardan dolayı iğne atsanız yere düşmeyecek hale gelmişti: Havuzda bir Ördek, bir Dodo kuşu, bir Alpapağan, bir Kartal Yavrusu ile birlikte başka birkaç tuhaf yaratık vardı. Alice öne düştü ve kalabalık kıyıya doğru yüzdü.

BÖLÜM III
KURUL YARIŞI VE UZUN BİR ÖYKÜ

Kıyıda toplanan hayvanlar gerçekten de tuhaf görünümlü bir kalabalık oluşturmuştu – tüyleri çamura bulanmış kuşlar, kürkleri bedenlerine yapışmış hayvanlar, hepsi sırılsıklam, öfkeli ve huzursuzdu.

Akla ilk gelen soru, tahmin edilebileceği gibi, tekrar nasıl kuruyacaklarıydı. Bu konu hakkında bir görüşme yaptılar, birkaç dakika sonra, Alice kendini hayvanlarla gayet samimi bir şekilde konuşurken buldu; sanki onları kendini bildi bileli tanıyordu. Hatta bir süre sonra Alice, suratını asan Alpapağan ile hararetli bir tartışma içine girmişti. Alpapağan, "Ben senden büyüğüm, bu yüzden daha çok şey biliyor olmam gerekir," demişti. Alice, onun yaşını öğrenmeden böyle bir şeye izin vermezdi, Alpapağan da yanıt vermeyi kesin olarak reddedince söylenecek bir söz kalmamıştı.

En sonunda, aralarındaki en otoriter hayvan gibi görünen Fare, "Hepiniz oturup beni dinleyin! Kısa sürede hepinizi kurutacağım!" Bunun üzerine herkes ortalarında Fare olduğu halde, geniş bir daire oluşturacak şekilde oturdu. Alice, gözlerini endişeli bir biçimde Fare'nin üzerine dikti, eğer bir an önce kurulanmazsa çok kötü bir soğuk algınlığına yakalanacağından emindi.

"Öhöm!" dedi Fare ciddi bir havayla. "Hepiniz hazır mısınız? Bu benim bildiğim en kuru şey. Lütfen hepiniz sessiz olun! 'Lider arayışı içinde olan ve son zamanlarda işgallerden oldukça bunalan İngiliz halkı, Papa'nın da politikasını desteklediği Fatih William'a boyun eğmişti. Mercia ve Northumbria kontları Edwin ile Morcar –'"

"Öf!" dedi Alpapağan ürpererek.

"Pardon!" dedi Fare kaşlarını çatarak, fakat kibarlıktan da vazgeçmeden. "Bir şey mi dediniz?"

"Hayır, demedim!" dedi Alpapağan hemen.

"Bana öyle geldi o zaman," dedi Fare. "Devam ediyorum. Mercia ve Northumbria kontları Edwin ile Morcar, Fatih William'ın yanında olduklarını açıkladılar; hatta Canterbury'nin Yurtsever Başpiskoposu bile bu durumu olumlu karşıladı –"

"Neyi olumlu karşıladı?" dedi Ördek.

"Onu olumlu karşıladı," diye tersleyerek karşılık verdi Fare, "elbette 'o'nun ne anlama geldiğini biliyorsun."

"Bir şey bulduğumda 'o'nun ne anlama geldiğini gayet iyi bilirim," dedi Ördek; "bu genellikle ya bir kurbağadır ya da solucandır. Sorun, Başpiskopos'un ne bulduğu."

Fare bu soruyu duymazlıktan gelip aceleyle konuşmasına devam etti, "'Kendisine tacı sunmak için William ile buluşmaya Edgar Atheling ile gitmeyi olumlu karşıladı. William'ın ilk tepkisi ılımlı oldu. Fakat emri altındaki Normanların küstahlığı... Şimdi nasıl oldun tatlım?" diye devam etti Alice'e dönerek.

"Her zamankinden daha ıslak," dedi Alice üzgün bir

ses tonuyla, "anlattıklarınız beni hiç de kurutmuş gibi görünmüyor."

"O zaman," dedi ayağa kalkan Dodo ciddi bir biçimde, "kısa sürede daha etkin çözümler yaratılması için oturuma son verilmesini öneriyorum –"

"İngilizce konuş!" dedi Kartal Yavrusu. "Söylediğin o uzun sözcüklerin yarısının anlamını bile bilmiyorum, hem ayrıca senin de bildiğine inanmıyorum!" Kartal Yavrusu böyle diyerek gülümsemesini gizlemek için başını yere eğdi, diğer birkaç kuş da sesleri duyulacak biçimde kıkırdadı.

"Anlatmak istediğim şey şuydu," dedi Dodo gücenmiş bir tonda, "bizi kurutacak en iyi yol bir Kurul Yarışı düzenlemek."

"Kurul Yarışı da ne demek?" dedi Alice; ses tonundan bunun ne olduğunu öğrenmeyi fazla istemediği anlaşılıyordu, fakat Dodo birisinin konuşması gerektiğini düşündüğünden susmuştu ve kimsenin bir şey söyleyeceği yoktu.

"Şöyle söyleyeyim," dedi Dodo, "bunu açıklamanın en iyi yolu, bunu uygulamaktır." (Eğer bu yarışı tek başınıza bir kış günü denemeye kalkışırsanız diye, Dodo'nun bunu nasıl başardığını size anlatacağım.)

Dodo ilk olarak bir daire şeklinde yarış parkuru belirledi, ("Tam bir daire olmasının önemi yok," demişti,) ve tüm yarışmacıları parkurun üzerinde bir oraya bir buraya yerleştirdi. "Bir, iki, üç, başla!" diye bir şey yoktu, yarışmacılar istedikleri zaman koşmaya başlıyor, istedikleri

zaman duruyorlardı; bu yüzden yarışın ne zam
ğini bilmek kolay değildi. Bununla birlikte y
yaklaşık yarım saat koşturup iyice kuruduktan sonra, Dodo birden, "Yarış bitti!" diye bağırdı ve herkes onun etrafında toplanıp soluk soluğa, "Peki şimdi kim kazandı?" diye sordular.

Dodo bu soruyu epey bir düşündükten sonra yanıtladı, herkes sessizlik içinde beklerken o, (tıpkı Shakespeare'in resimlerinde gördüğünüz gibi) bir parmağını alnına dayayıp uzun süre öyle durmuştu. Dodo en sonunda "Herkes kazandı, hepinizin ödüllendirilmesi gerek," dedi.

"Peki ama ödülleri kim verecek?" diye sordu herkes hep bir ağızdan.

"Kim mi? O tabii ki," dedi Dodo parmağıyla Alice'i göstererek; bunun üzerine hepsi birden Alice'in çevresine toplanıp "İsteriz, isteriz, ödüllerimizi isteriz!" diye bağrıştılar; her kafadan bir ses çıkıyordu.

Ne yapacağı konusunda Alice'in bir fikri yoktu, umutsuzluk içinde elini cebine atıp bir kutu şekerleme çıkardı (neyse ki kutunun içine tuzlu su girmemişti), ve herkese tek tek uzattı. Herkese tam bir şekerleme düşmüştü.

"Onun da bir ödül alması gerek, değil mi?" dedi Fare.

"Elbette," diye karşılık verdi Dodo ağırbaşlılıkla. "Cebinde başka neler var?" diye devam etti Alice'e dönerek.

"Yalnızca bir yüksük," dedi Alice üzülerek.

"Ver onu bana," dedi Dodo.

Dodo, "Bu zarif yüksüğü kabul etmenizi diliyoruz" deyip ciddi bir tavırla yüksüğü Alice'e sunarken herkes bir kez daha Alice'in çevresinde toplandı; Dodo bu kısa konuşmayı bitirdiğinde de hepsi birden neşeyle bağırdı.

Alice bütün bunların çok saçma olduğunu düşündü, fakat herkes o kadar ciddi görünüyordu ki, gülmeye cesaret edemedi; söyleyecek bir şeyi de olmadığından küçük bir reverans yapıp elinden geldiğince ciddi görünmeye çalışarak yüksüğü aldı.

Sırada şekerlemeleri yemek vardı. Bu biraz gürültü ve patırtıya yol açtı, büyük kuşlar şekerlemelerin tadını bile alamadıklarından şikayet ederken, küçük kuşlar öksürüp duruyor, sırtlarına vurmak gerekiyordu. Fakat en sonunda bütün bunlar son buldu ve yeniden bir daire şeklinde oturup Fare'ye kendilerine bir şey daha anlatması için yalvardılar.

"Bana başından geçenleri anlatacağına söz vermiştin, biliyorsun," dedi Alice, "ve Ke'lerle Kö'lerden neden nefret ettiğini anlatacaktın," diye ekledi fısıltıyla, onu yeniden incitmekten korkuyordu.

"Benimkisi uzun ve acıklıdır!" dedi Fare Alice'e dönüp iç çekerek.

"Kesinlikle uzun," dedi Alice hayretle Fare'nin kuyruğuna bakarken; "fakat kuyruğuna niçin acıklı diyorsun?" Alice, Fare konuşurken bu konu üzerinde kafa yordu ve acılı kuyruğun şöyle bir şey olduğuna karar kıldı:

"Evde karşılaştığı
bir fareye, şöyle
dedi Öfke: 'Yürü,
mahkemeye
gideceğiz,
sana dava
açacağım.
Haydi, itiraz
istemiyorum.
Ben duruşmaya
gidiyorum:
Çünkü gerçekten
bu sabah yapacak
bir işim yok.'
Fare, 'Jürinin ve
yargıcın olmadığı
böyle bir mahkeme
nefesimizi boşa
harcamak olur,'
dedi Öfke'ye.
Yaşlı kurnaz Öfke,
'Jüri de yargıç da ben
olacağım,' dedi:
'Seni yargılayıp,
ölüme mahkum
edeceğim.' "

"Beni dinlemiyorsun!" dedi Fare sertçe Alice'e. "Aklından neler geçiyor?"

"Özür dilerim," dedi Alice alçakgönüllü bir biçimde, "beşinci kıvrıma gelmiştiniz, sanırım?"

"Hayır, gelmemiştim!" diye haykırdı Fare birden öfkeyle.

"Bir düğüm!" dedi her zaman bir işe yaramaya hazır olan Alice tedirgince çevresine bakarak. "Ah, izin verin onu çözeyim!"

"Böyle bir şey yapmayacağım," dedi Fare ayağa kalkıp giderken. "Böyle saçma sapan konuşarak bana hakaret ediyorsun!"

"Öyle demek istemedim!" diye yalvardı zavallı Alice. "Fakat siz de çok çabuk alınıyorsunuz, farkındasınız değil mi?"

Fare, yanıt olarak yalnızca hırladı.

"Lütfen geri dönün ve öykünüzü bitirin!" diye ardından bağırdı Alice. Diğer hayvanlar da Alice'e katılıp hep bir ağızdan "Evet, lütfen geri dönün!" diye bağırdılar. Fakat Fare yalnızca başını sabırsızlıkla sallayıp adımlarını hızlandırdı.

"Bizimle kalmaması çok yazık!" diye iç çekti Alpapağan, Fare gözden kaybolur kaybolmaz. Bu durumu fırsat bilen yaşlı bir Yengeç, kızına "Ah, tatlım! Bu olay sana hemen öfkeye kapılmaman için bir ders olsun!" "Tut dilini, anne!" dedi genç yengeç birden. "Sen bir istiridyenin bile sabrını taşırırsın!"

"Keşke Dinah'ım burada olsaydı, keşke!" dedi Alice duyulacak şekilde, bunu özellikle kimseye söylememişti. "Onu hemen geri getirirdi!"

"Sormamda bir sakınca yoksa, Dinah da kim?" dedi Alpapağan.

Alice hevesle karşılık verdi, çünkü kedisi hakkında konuşmaya her zaman hazırdı: "Dinah bizim kedimiz. İnanmazsınız, fare yakalama konusunda çok beceriklidir! Ayrıca, ah, kuşları nasıl kovaladığını görmenizi isterdim! Küçük bir kuş görür görmez hemen midesine indirir!"

Bu konuşma, topluluk içinde gözle görülür bir heyecana yol açtı. Bazı kuşlar anında ortadan kayboldu. Yaşlı bir Saksağan dikkatlice tüylerini kabartıp "Gerçekten eve gitmem gerek, bu akşam havası boğazıma iyi gelmiyor!" dedi. Bir Kanarya ise titrek bir sesle çocuklarına, "Benimle gelin yavrularım! Yatma zamanınız geldi!" diye seslendi. Kuşlar çeşitli bahanelerle birer birer oradan uzaklaştı ve Alice çok geçmeden tek başına kalakaldı.

"Keşke Dinah'dan bahsetmeseydim!" dedi kendi kendine üzgün bir sesle. "Anlaşılan burada kimse ondan hoşlanmadı, fakat bence o dünyadaki en iyi kedi! Ah, benim canım Dinah'ım! Acaba seni tekrar görebilecek miyim!" Zavallı Alice, kendisini yalnız ve üzgün hissettiğinden tekrar ağlamaya başladı. Fakat çok geçmeden uzaktan gelen ayak sesleri duyunca merakla başını kaldırdı, Fare'nin fikrini değiştirip öyküsünü bitirmek için geri döndüğünü ümit ediyordu.

BÖLÜM IV

TAVŞAN İÇERİYE KÜÇÜK BILL'İ GÖNDERİYOR

Bu, Beyaz Tavşan'dı; yavaşça Alice'e doğru geliyor, bu sırada bir şey kaybetmiş gibi endişeyle etrafına bakınıyordu; Alice, onun kendi kendine, "Düşes! Düşes! Ah benim sevgili patilerim! Ah kürküm, bıyıklarım! Düşes beni idam ettirecek, dağ gelinciklerinin dağ gelincikleri olduğundan emin olduğum kadar eminim bundan! Acaba onları nerede düşürmüş olabilirim?" diye mırıldandığını duydu. Hemen Tavşan'ın yelpazesiyle küçük beyaz eldivenlerini aradığını tahmin etti ve büyük bir iyi yüreklilikle onları aramaya koyuldu, ancak görünürlerde yoklardı – görünüşe bakılırsa havuzdaki yüzüşünden sonra her şey değişmişti; cam masa ve küçük kapının bulunduğu büyük koridorun yerinde yeller esiyordu.

Çok geçmeden Tavşan, Alice'i fark etti, bu sırada Alice aramasına devam ediyordu, Tavşan öfkeli bir ses tonuyla, "Mary Ann, burada ne yapıyorsun? Derhal eve koş ve bana bir çift eldiven ile yelpaze getir! Çabuk ol, haydi!" diye bağırdı. Alice o kadar korkmuştu ki, Tavşan'a yaptığı yanlışlığı açıklamaya çalışmadan kendisine gösterilen yöne doğru koştu.

"Beni hizmetçisiyle karıştırdı," diyordu koşarken kendi kendine. "Benim kim olduğumu öğrenince ne kadar şaşıracak! Fakat eldivenleriyle yelpazesini götürsem iyi olacak – tabi eğer onları bulabilirsem." Bunu der demez karşısına küçük bir ev çıktı, kapıdaki pirinç tabelada "B. TAVŞAN" yazıyordu. Kapıyı çalmadan içeri girdi ve gerçek Mary Ann ile karşılaşıp eldivenlerle yelpazeyi bulamadan evden atılırım korkusuyla hızla üst kata çıktı.

"Bir tavşanın işini yapmak," dedi Alice kendi kendine, "ne kadar tuhaf! Sanırım artık Dinah da bana işlerini yaptıracak!" Böyle diyerek olacakları düşlemeye başladı: "'Miss Alice! Hemen buraya gelin ve yürüyüş için hazırlanın!' 'Bir dakika içinde geliyorum, dadıcığım! Ancak Dinah geri gelene kadar bu fare deliğinin başında bekleyip farenin dışarı çıkmadığından emin olmam gerekiyor.' Fakat Dinah böyle emirler yağdırmaya başlarsa," diye devam etti Alice, "onun evde kalmasına izin vereceklerini sanmıyorum!"

Bu sırada Alice, kendisini içinde camın kenarında bir masa bulunan, derli toplu bir odaya girerken buldu, masanın üzerinde (tıpkı umduğu gibi) bir yelpaze ve iki üç çift küçük beyaz eldiven vardı, yelpaze ile eldivenleri aldı. Tam odadan çıkmaya hazırlanıyordu ki gözü aynanın yanında durmakta olan, bu sefer üzerinde "BENİ İÇ" etiketi olmayan bir şişeye takıldı, fakat yine de mantarı çıkarıp şişeyi dudaklarına götürdü. "Kesin ilginç bir şey olacak, bundan eminim," dedi kendi kendine, "ne zaman bir şey yiyip içsem öyle oluyor, bakalım bu şişe ne işe yarayacak! Umarım beni yeniden büyütür, çünkü böyle küçücük bir şey olmaktan bıktım!"

Gerçekten de öyle oldu, hem de umduğundan daha kısa sürede: Henüz şişenin yarısını bile içmemişti ki başının tavana değdiğini hissetti, boynunun kırılmaması için eğilmek zorunda kaldı. Hemen şişeyi yere koydu ve kendi kendine, "Bu kadarı yeter – umarım daha fazla büyümem, yoksa bu halde kapıdan dışarı çıkamam – keşke o kadar fazla içmeseydim!" dedi.

Ancak bunu dilemek için çok geçti! Gittikçe büyümeye devam etti, çok geçmeden yerde diz çökmek zorunda kaldı: Bir süre sonra oda kendisine küçük gelmeye başladı ve bir kolunu kapıya dayayıp diğerini başının etrafına dolayarak farklı bir pozisyon denedi. Hâlâ büyümeye devam ediyordu, son bir çare olarak bir kolunu pencereden, bir ayağını da bacadan çıkardı ve kendi kendine, "Ne olursa olsun, artık yapabileceğim bir şey kalmadı. Bana ne olacak acaba?" dedi.

Neyse ki, küçük sihirli şişe etkisini yitirmiş, Alice'in büyümesi durmuştu: Yine de Alice çok rahatsızdı, hiçbir şekilde odadan çıkma şansının olmadığını görmek kuşkusuz neşesini kaçırmıştı.

"İnsanın büyüyüp küçülmediği, farelerden ve tavşanlardan emir almadığı evinde olması daha güzel oluyordu," diye düşündü zavallı Alice, "keşke o tavşan deliğine girmeseydim – ancak – ancak yine de bu çok tuhaf, yani böyle bir yaşam! Acaba bana ne olmuş olabilir! Okuduğum masallarda anlatılanların hiçbir zaman gerçekleşmeyeceğini düşünürdüm, ancak şimdi bir masalın tam ortasındayım! Benim hakkımda yazılmış bir kitap olmalı, kesinlikle olmalı! Büyüdüğümde ben bir tane yazacağım – gerçi zaten büyüğüm," dedi ve üzgün bir sesle ekledi: "en azından burada daha fazla büyümek için yer yok."

"Fakat o zaman, bir daha şimdi olduğumdan daha büyük olamayacak mıyım?" diye düşündü Alice, "bu bir bakıma hoş olurdu – hiçbir zaman yaşlı bir kadın olmamak – ancak o zaman da – sürekli ders çalışmam gerekir! Ah, bunu istemezdim!"

"Ah, seni aptal Alice!" diye yanıt verdi kendi kendine. "Burada nasıl ders çalışabilirsin ki? Burası sana zor yetiyor, ders kitaplarını nereye koyacaksın?"

Alice bir kendisi, bir de karşı tarafın yerini alarak bu şekilde konuşmasını sürdürdü, ancak bir süre sonra dışarıdan gelen bir ses üzerine susup kulak kabarttı.

"Mary Ann! Mary Ann!" diyordu birileri. "Derhal bana eldivenlerimi getir!" Tam bu sırada merdivenlerden ayak sesleri geldi. Alice, bunun kendisini aramaya gelen Tavşan'ın sesi olduğunu biliyordu. Bunun üzerine titremeye başladı, öyle ki, onunla birlikte ev de zangır zangır titriyordu. Tavşan'dan bin kat daha büyük olduğunu, bu yüzden ondan korkması için bir neden olmadığını unutmuş gibiydi.

Derken Tavşan kapıya yaklaşıp onu açmaya çalıştı; fakat kapı içeriye doğru açıldığından ve Alice dirseğini kapıya dayamış olduğundan, Tavşan'ın bu girişimi sonuçsuz kaldı. Alice, Tavşan'ın kendi kendine, "Ben de gider, arka pencereden girerim," dediğini duydu.

"Hayır, yapamazsın!" diye geçirdi Alice içinden. Tavşan'ın pencerenin altında çıkardığı sesleri duyuncaya dek bekledikten sonra, birden elini uzatıp boşlukta bir şeyi yakalamaya çalıştı. Eline hiçbir şey gelmedi, fakat küçük bir çığlık, bir düşme sesi ve hemen ardından bir şangırtı duydu; buradan, Tavşan'ın bir salatalık tarlasına ya da buna benzer bir şeyin içine düşmüş olabileceği sonucuna vardı.

Sonra öfkeli bir ses geldi – Tavşan'ın sesiydi bu – "Pat! Pat! Neredesin?" Bunun üzerine Alice daha önce hiç duymadığı bir sesin, "Tabii ki buradayım! Elma tohumlarını ekiyorum, efendim!" diye karşılık verdiğini duydu.

"Demek elma tohumlarını ekiyorsun!" dedi Tavşan öfkeyle. "Buraya gel. Gel ve buradan çıkmama yardım et!" (Yine cam kırıklarının sesi.)

"Söyle bana Pat, şu penceredeki şey de neyin nesi?"

"Tabii ki o bir kol efendim!" (Kolu "hol" diye telaffuz ediyordu.)

"Kol olduğunu görüyorum, kaz kafalı! O ne biçim kol öyle, bütün pencereyi kaplıyor!"

"Tabii ki kaplıyor efendim, fakat o bildiğiniz kollardan değil."

"Nasıl bir kol olursa olsun, penceremde işi olamaz: Git ve kaldır onu oradan!"

Bu konuşmadan sonra uzun süren bir sessizlik oldu. Ara sıra Alice'in kulağına fısıltılar geliyordu: "Tabii ki, bu kol benim de hoşuma gitmedi efendim, hem de hiç gitmedi!" "Sana söylediğimi yap, korkak tavuk!" en sonunda Alice yeniden kolunu dışarı uzatıp bir şeyler yakalamaya çalıştı. Bu sefer iki çığlık duyuldu, üstelik kırılan cam sesi de artmıştı. "Ne kadar çok salatalık tarlası varmış!" diye düşündü Alice. "Sırada ne var acaba! Ya beni çekip dışarı çıkarırlarsa? Ah keşke yapabilseler! Burada daha fazla kalmak istemediğimden eminim!"

Artık dışarıda çıt çıkmıyordu. Alice bir süre bekledi; en sonunda yaklaşan bir el arabasının küçük tekerlerinin çıkardığı gürültüyü duydu. Dışarıda her kafadan bir ses çıkıyordu; Alice bu konuşmalar arasında birkaç cümleyi seçebildi: "Diğer merdiven nerede? – Ama ben bir tane getirecektim. Diğerini Bill getirecekti – Bill! Onu şuraya daya oğlum! – işte, tam şu köşeye – hayır, önce onları birleştirmelisin – daha evin yarısına bile ulaşmıyorlar – Ah, sanırım bu kadar yeter. Çok fazla özenmeyin – işte Bill! Şu ipin ucunu tut – çatı kaldıracak mı bunu peki? – hey, şu sallanan levhaya dikkat – işte düşüyor! Başınızı eğin!" (büyük bir gürültü) – "Kim yaptı bunu? – Kesin Bill'in suçudur – bacadan aşağı kim inecek? – hayır, ben yapamam! Sen in! – O zaman ben de inmem! – Bill inecek – gel Bill! Efendimiz bacadan aşağı senin ineceğini söylüyor!"

"Ah, demek Bill bacadan aşağı inecek, değil mi?" dedi Alice kendi kendine. "Her işi de Bill'e yaptırıyorlar. Bill'in yerinde olmayı hiç istemezdim; aslına bakarsanız bu şömine oldukça dar, fakat sanırım birazcık tekmeleyebilirim!"

Alice, elinden geldiğince ayağını bacanın altına soktu ve hemen üzerindeki bacanın içinde sağı solu tırmalayan küçük bir hayvanın sesini duyana dek bekledi (bunun ne tür bir hayvan olduğunu kestiremiyordu): Sonra, kendi kendine "Bu gelen Bill olmalı," derken bacanın içine doğru sert bir tekme savurdu ve olacakları merak ederek beklemeye koyuldu.

İlk duyduğu şey, herkesin hep bir ağızdan "İşte, Bill!" diye bağırmasıydı. Sonra Tavşan'ın sesi duyuldu – "Yakalayın onu, sen, çite yaslanmış olan!" Kısa bir sessizliğin ardından yine sesler birbirine karıştı – "Kafasını tutun – biraz konyak verin. Dikkat edin, boğulmasın – nasıldı dostum? Sana ne oldu böyle? Haydi anlat!"

Bunun üzerine zayıf, ince bir ses konuşmaya başladı. ("Bu Bill olmalı," diye düşündü Alice.) "Pek hatırlamıyorum – Bu kadar yeter, sağ ol; şimdi daha iyiyim – fakat bekleyin biraz, konuşacak halim yok – tek bildiğim, bir şeyin beni tıpkı bir havai fişek gibi havaya fırlattığı!"

"Evet, aynen öyle oldu dostum!" dedi oradakiler.

"Evi yakmalıyız!" dedi Tavşan'ın sesi. Alice, bütün gücüyle bağırdı, "Eğer evi yakarsanız Dinah'ı üzerinize salarım!"

Bu sözler aşağıda derin bir sessizliğe neden oldu. Alice, "Acaba şimdi ne yapacaklar! Eğer birazcık akılları varsa çatıyı söküp atarlar," diye geçirdi aklından. Birkaç dakika sonra aşağıda yeniden bir hareketlenme oldu. Alice, Tavşan'ın "Başlangıç için bir araba dolusu yetecektir," dediğini duydu.

"Bir araba dolusu ne?" dedi Alice. Fakat çok uzun süre merak etmesine gerek kalmadı, çünkü bir dakika bile geçmeden pencereye küçük çakıl taşları yağmaya başladı, hatta bazıları Alice'in yüzüne çarpıyordu. "Buna bir son vereceğim," dedi ve "bir daha bunu yapmazsanız iyi edersiniz," diye olanca gücüyle bağırdı. Bu sözler yeniden derin bir sessizliğe neden oldu.

Alice büyük bir şaşkınlıkla yere düşen çakıl taşlarının birer kurabiyeye dönüştüğünü fark etti ve aklına parlak bir fikir geldi. "Bu kurabiyelerden yersem," diye düşündü, "büyüklüğümde bir değişiklik olacağına eminim; daha fazla büyüyemeyeceğime göre, sanırım bu kurabiyeler beni tekrar küçültecek."

Böyle diyerek ağzına bir kurabiye attı ve hemen küçülmeye başladığını görünce çok mutlu oldu. Kapıdan geçebilecek kadar küçüldüğünde koşarak evden dışarı çıktı ve dışarıda hayvanlardan ve kuşlardan oluşan bir kalabalığı gördü. Zavallı küçük Kertenkele Bill kalabalığın ortasındaydı, ayakta durmasına yardımcı olan iki Gine domuzu, Bill'e ellerindeki şişeden bir şey içiriyordu. Alice ortaya çıkar çıkmaz bütün hayvanlar ona doğru hücum etti. Bunun üzerine Alice var gücüyle koşmaya başladı ve çok geçmeden kendini büyük bir ormanın tam ortasında buldu. Artık güvendeydi.

"Yapmam gereken ilk iş," dedi Alice ormanda dolaşırken, "gerçek büyüklüğüme kavuşmak. İkinci iş ise yeniden o güzel bahçeye giden yolu bulmak. Sanırım en iyi plan bu."

Kuşkusuz ki bu plan kulağa harika geliyordu, özenle yapılmış, zekice bir plan: tek zorluk, Alice'in bu planı nasıl gerçekleştireceği hakkında en ufak bir fikri olmamasıydı. Tedirgin gözlerle etrafı kollayarak ağaçların arasında dolanırken hemen başının üstünden gelen keskin bir havlama işitti ve telaşla başını kaldırdı.

Dev gibi bir köpek, iri yuvarlak gözleriyle eğilmiş kendisine bakıyor ve zayıf patisini uzatarak ona dokunmaya çalışıyordu. Alice, acıyan bir ses tonuyla "Zavallı küçük şey!" diyerek bütün gücüyle ona ıslık çalmayı denedi; fakat tam bu sırada içine bir korku düştü; köpek aç olabilirdi, ve bu durumda bütün o tatlı sözlerine karşın onu bir lokmada yutabilirdi.

Ne yaptığını bilmeden yerden küçük bir dal alıp onu köpeğe doğru uzattı; bunun üzerine köpek yavrusu neşe içinde havlayarak dört ayağıyla birden yerden sıçradı ve dala uzanıp onu yakalamaya çalıştı; Alice, kendisini ezilmekten korumak için büyükçe bir devedikeninin ardına kaçtı; arka taraftan görünür görünmez, köpek yavrusu yeniden dala doğru yöneldi ve onu yakalamak için biraz aceleci davranınca baş aşağı yere yuvarlandı. Bunun bir at arabasıyla oynamak gibi bir şey olduğunu düşünen ve her an köpeğin ayağının altında ezilmeyi bekleyen Alice yeniden devedikeninin ardına kaçtı. Ancak köpek yavrusu hâlâ dalı yakalamaya uğraşıyordu, her seferinde önce biraz ileri doğru hamle yapıyor, sonra boğuk bir şekilde havlayarak gerisin geriye kaçıyordu. En sonunda da yorgun düşüp dili bir karış dışarıda ve artık yarı kapalı olan gözleriyle soluk soluğa, oldukça uzak bir yere oturdu.

Alice, bunun kaçması için iyi bir fırsat olduğunu düşündü: böylece hızla toparlanıp nefesi kesilene dek koştu da koştu. Artık köpek yavrusunun havlamaları çok uzaklardan geliyordu.

"Yine de çok sevimli bir yavruydu!" dedi Alice dinlenmek için bir düğünçiçeğine yaslandığında. Serinlemek için çiçeğin yapraklarından birini yelpaze olarak kullanıyordu. "Eğer – eğer biraz daha büyük olsaydım ona ne numaralar öğretirdim! Ah! Neredeyse yeniden büyümem gerektiğini unutuyordum! Bir bakalım – bunu nasıl başarırım acaba? Sanırım bir şeyler yemem ya da içmem gerekiyor; fakat asıl sorun, bunun 'Ne?' olduğu!"

Asıl sorun gerçekten 'Ne?' yiyip içeceğiydi. Alice çevresindeki çiçeklere, yerdeki otlara göz gezdirdi, fakat görünürlerde yiyip içmek için uygun bir şey göremedi. Hemen yanı başında neredeyse kendi boyunda kocaman bir mantar bitmişti. Alice mantarın altına, sağına, soluna, arkasına baktı ve sonra mantarın tepesine de bir göz atmak aklına geldi.

Ayak parmakları üzerinde yükselerek mantarın kenarından yukarıyı gözetledi. Tam bu sırada gözüne kocaman, mavi bir tırtıl ilişti. Tırtıl, kollarını kavuşturmuş mantarın tepesinde oturuyor, sessizce nargilesini tüttürüyordu. Alice'in orada olduğunu fark etmemişti bile.

BÖLÜM V

BİR TIRTILIN ÖĞÜDÜ

Tırtıl ile Alice bir süre hiç konuşmadan birbirlerine baktı, en sonunda Tırtıl nargileyi ağzından çıkarıp uykulu bir tonda, ağır ağır konuşarak, "Kimsin sen?" diye sordu.

Bu, bir sohbet için hiç de insanı cesaretlendiren bir başlangıç değildi. Alice utana sıkıla konuştu, "Ben – ben de pek bilmiyorum efendim, yani şu anda – aslına bakarsanız bu sabah uyandığımda kim olduğumu biliyordum, ancak sanırım uyandığımdan beri birkaç kez değişikliğe uğradım."

"Bu da ne demek?" dedi Tırtıl sertçe bakarak. "Bu durumu sen açıklayacaksın!"

"Korkarım ben açıklayamam efendim," dedi Alice, "gördüğünüz gibi ben ben değilim."

"Benim bir şey gördüğüm filan yok," dedi Tırtıl.

"Korkarım bu durumu daha açık anlatamayacağım," dedi Alice kibarca, "çünkü olan bitenleri ben de anlamış değilim, bir gün içerisinde farklı boyutlarda olmak insanın gerçekten kafasını karıştırıyor."

"Hiç de değil," dedi Tırtıl.

"Sizin kafanız henüz karışmamış olabilir," dedi Alice, "fakat bir gün krizalite, sonra da kelebeğe dönüşmek zorunda kaldığınız zaman, ki biliyorsunuz dönüşeceksiniz, kendinizi oldukça tuhaf hissedeceğinizden eminim, haksız mıyım?"

"Hiç sanmıyorum," diye karşılık verdi Tırtıl.

"O zaman siz farklı duygulara sahipsiniz," dedi Alice; "fakat şunu biliyorum ki, bütün bunlar bana oldukça tuhaf gelirdi."

"Sana mı?" dedi Tırtıl küçümseyerek. "Sen kimsin ki?"

Bu soru, onları yeniden konuşmanın başlangıcına götürdü. Alice, Tırtıl'ın söylediklerini böyle kısa tutmasına öfkelendi. Kendini yukarı çekip ciddi bir tonda, "Sanırım ilk önce sen bana kim olduğunu söylemelisin."

"Nedenmiş?" dedi Tırtıl.

İşte size karmaşık bir soru daha. Alice bu soruya verecek mantıklı bir cevap bulamadı. Hem zaten görünüşe göre Tırtıl bugün ters tarafından kalkmıştı. Bu yüzden Alice arkasını dönüp oradan uzaklaştı.

"Geri dön!" diye seslendi Tırtıl, Alice'in arkasından. "Önemli bir şey söyleyeceğim!"

Bu kesinlikle umut vericiydi. Alice geri dönüp Tırtılın yanına geldi.

"Öfkene hakim ol," dedi Tırtıl.

"Hepsi bu mu?" dedi Alice öfkesini belli etmemeye çalışarak.

"Hayır," dedi Tırtıl.

Alice, yapacak başka bir şeyi olmadığı için biraz beklemeye karar verdi, hem olur ya, belki Tırtıl işe yarar bir şey söylerdi. Tırtıl birkaç dakika boyunca konuşmadan nargilesini üfledi; en sonunda kollarını çözdü, nargileyi tekrar ağzından çıkarıp, "Demek değiştiğini düşünüyorsun, öyle mi?" diye sordu.

"Korkarım öyle, efendim," dedi Alice. "Hiçbir şeyi eskisi gibi hatırlayamıyorum ve aynı boyda on dakika bile duramıyorum!"

"Neleri hatırlayamıyorsun peki?" diye sordu Tırtıl.

"Mesela, 'Küçük çalışkan arı' şiirini okumayı denediysem de yüzüme gözüme bulaştırdım!" diye karşılık verdi Alice üzgün bir şekilde.

"'Yaşlandın William Baba'yı söyle bakalım," dedi Tırtıl.

Alice kollarını kavuşturdu ve başladı:

"Yaşlandın, William Baba," dedi genç tosun
"Saçların beyazladı;
Yine de sürekli baş aşağı durursun,
Sence bu yaşına uygun bir davranış mı?"

William Baba oğluna, "Gençliğimde,
Beynime zarar vereceğinden korkardım bunun;
Fakat şimdi, biliyorum ki beyin yok bende,
Bu yüzden sürekli baş aşağı dururum."

Genç, "Dedim ya, artık yaşlandın,
Hiç olmayacak kadar da şişmanladın;
Kapıya doğru ters takla attın,
Nedir böyle yapmaktaki amacın?"
"Gençliğimde," dedi bilge, savururken gri lülelerini
"Kutusu bir şiling olan şu merhemler sayesinde
Bütün eklemlerim esnekleşti.
Satayım mı sana da bir tane?"

"Yaşlandın," dedi oğul, "yoğurttan başka bir yemek
Çiğneyemeyecek kadar güçsüzleşti ağzın
Üstelik sen bir kazı yedin, kemiklerini
ve gagasını kemirerek
Söylesene bana, bunu nasıl başardın?"

"Gençliğimde," dedi babası, "hukuk çalıştım,
ve her konuyu karımla tartıştım;
İşte budur çenemin güçlü olmasının nedeni
Ben böyleyim, kendimi bildim bileli."

"Yaşlandın," dedi genç, "açıkçası
inanmak zor, çünkü gözlerin hâlâ sapasağlam
Hiç de kolay değil burun üzerinde
yılan balığı taşıması
Nedir seni böylesine zeki yapan?"

Babası, "Üç soruna yanıt verdim, artık yeter," dedi;
"Sanma kendini önemli bir kimse,
Sanıyor musun bütün gün bu saçmalıkları
dinleyeceğimi
Derhal kaybol, yoksa aşağı yollarım
seni bir tekme ile!"

"Sözleri doğru söylemedin," dedi Tırtıl.

"Korkarım pek doğru olmadı," dedi Alice ürkek bir şekilde, "bazı sözcükleri karıştırmış olmalıyım."

"Baştan sona yanlış," dedi Tırtıl kendinden emin bir biçimde ve birkaç dakika süren bir sessizlik oldu.

İlk konuşan yine Tırtıl oldu.

"Ne kadar büyük olmak istiyorsun?" diye sordu.

"Aslında büyüklüğe pek önem vermem," diye cevap verdi Alice hemen; "bilirsiniz, kimse bu kadar sık değişmekten hoşlanmaz."

"Hayır, bilmem."

Alice hiçbir şey demedi, daha önce hiç kimseyle bu kadar ters düşmemişti, yavaş yavaş öfkeleniyordu.

"Şimdiki halinden memnun musun?" diye sordu Tırtıl.

"Doğrusunu söylemek gerekirse, biraz daha tombul olmak isterdim efendim, eğer sizin için bir sorun yoksa tabii," dedi Alice, "Yedi santim olmak hiç de hoş değil."

"Neresi hoş değil anlamadım?" dedi Tırtıl öfkeyle. Konuşurken arka ayakları üzerinde yükselmişti (boyu tam tamına yedi santimdi).

"Fakat ben bu kadar ufak olmaya alışkın değilim!" diyerek durumu açıkladı Alice dokunaklı bir sesle. Bu sırada içinden, "Keşke hayvanlar bu kadar alıngan olmasalar!" diye düşünüyordu.

"Üzülme, zamanla alışırsın," diye karşılık verdi Tırtıl ve nargilesini ağzına götürerek yeniden fokurdatmaya başladı.

Bu sefer Alice, Tırtıl'ın kendi isteğiyle konuşmaya başlamasını sabırla bekledi. Birkaç dakika geçmemişti ki, Tırtıl nargilesini ağzından çıkardı, bir iki kez esnedi ve silkindi. Sonra mantardan aşağı inip çimlerin arasında sürünerek uzaklaşırken belli belirsiz bir biçimde, "Bir tarafı seni uzatır, diğer tarafı kısaltır," dedi.

"Neyin bir tarafı? Neyin diğer tarafı?" diye düşündü Alice.

"Mantarın," dedi Tırtıl, sanki Alice bunları sesli söylemişti. Tırtıl bunu der demez gözden kayboldu.

Alice bir dakika kadar düşünceli gözlerle mantarı süzdü; acaba Tırtıl hangi iki kenarı kastetmişti? Mantar kusursuz bir yuvarlak olduğu için bu soruya yanıt vermek zordu. Fakat en sonunda dayanamadı ve mantarı kucaklayıp her iki kenarından birer parça kopardı.

"Şimdi, hangisi hangisi?" dedi kendi kendine. Neler olacağını görmek için sağ elindeki parçanın ucundan azıcık ısırdı. Isırmasıyla birlikte çenesinin altına sertçe bir şey çarptı: çenesine çarpan şey, ayağıydı!

Alice, bu ani değişiklikten ürktü; kaybedecek bir dakika bile yoktu çünkü hızla küçülüyordu: bunun üzerine ağzına hemen diğer lokmayı attı. Çenesi ayağına o kadar yapışmıştı ki, Alice ağzını açamaz duruma gelmişti; fakat en sonunda ağzını açmayı başarıp sol elindeki lokmayı yuttu.

* * * * *

* * * *

"En sonunda başımı kurtardım!" dedi Alice sevinçle, ancak omuzlarını hiçbir yerde göremeyince bu sevinci yerini paniğe bıraktı: başını eğip aşağı baktığında tek gördüğü şey, hemen altındaki engin yeşil yaprak denizinin arasından bir bitkinin sapı gibi yükselen upuzun bir boyundu.

"Bu yeşil şeyler de ne acaba?" dedi Alice. "Ve omuzlarım nereye kayboldu? Ve, ah, zavallı ellerim, nasıl olur da sizleri göremem?" Alice konuşurken bir yandan da ellerini oynatıyor, fakat uzaktaki yeşil yaprakların hafifçe kımıldamasından başka bir şey olmuyordu.

Ellerini tekrar başına götüremeyeceğini anladığında bu sefer başını ellerine götürmeyi denedi. Bunu yaparken boynunun tıpkı bir yılan gibi her yana kolaylıkla kıvrılabildiğini görünce çok sevindi. Boynunu aşağı doğru zarif bir zikzak oluşturacak şekilde eğmeyi başardı ve içine dalmak üzere olduğu bu yeşil yaprak denizinin aslında eskiden aralarında dolaştığı ağaçların dallarından başka bir şey olmadığını gördü. Bu sırada duyduğu oldukça tiz bir ıslık, heyecanla geri çekilmesine neden oldu; iri bir güvercin yanına yaklaşmış, kanatlarıyla yüzüne vuruyordu.

"Bir yılan!" diyordu Güvercin, Alice'i pataklarken.

"Ben bir yılan değilim!" dedi Alice öfke dolu bir sesle. "Bırak beni!"

"Yılansın işte, yılansın diyorum!" diye tekrarladı Güvercin, bu sefer daha sakin bir şekilde söylemişti bunu. "Her yolu denedim, ancak öyle görünüyor ki yılanlara hiçbir şey bana mısın demiyor!" diye ekledi üzgün bir sesle.

"Bir de ne demek istediğinizi anlasam," diye araya girdi Alice.

"Ağaç köklerini, nehir yataklarını, hatta çitleri bile denedim," diye devam etti Güvercin, Alice'e aldırmadan; "fakat ah o yılanlar! Ah o iğrenç yaratıklar!"

Alice iyice şaşkına dönmüştü, fakat Güvercin sözünü bitirmeden bir şey söylemesinin olanaksız olduğunu anladı.

"Zaten yumurtlamak başlı başına bir dert," dedi Güvercin; "bir de gece gündüz yılanları gözetliyorum! Şu halime bir bak, üç haftadır gözümü kırpmadım!"

Yavaş yavaş güvercinin ne demek istediğini anlayan Alice, "Sizin adınıza çok üzüldüm," dedi.

"Ormandaki en yüksek ağacın üzerine yuva kurdum," diye devam etti Güvercin, bu kez sesini iyice yükseltmişti, "artık sizlerden kurtulduğumu düşünüyordum ki, bu sefer gökyüzünde bitiverdiniz! Ah sizi yılanlar!"

"Fakat ben yılan değilim ki, söylüyorum anlamıyorsun!" dedi Alice. "Ben – ben bir –"

"Nesin o zaman?" diye sordu Güvercin. "Laf salatası yapma bana!"

"Ben küçük bir kızım," dedi Alice biraz kuşkuyla; aklına gün içinde geçirdiği değişiklikler gelmişti çünkü.

"Güzel bir yalan!" dedi Güvercin son derece küçümseyen bir ifadeyle. "Bugüne dek birçok küçük kız gördüm, fakat hiçbirinin seninki gibi böyle uzun bir boynu yoktu! Hayır, olamaz! Sen bir yılansın; bu su götürmez bir gerçek. Tanrı bilir az sonra bana ömründe hiç yumurta yemediğini de söylersin sen!"

"Tabi ki de yumurta yedim," dedi Alice, ne de olsa o dürüst bir çocuktu; "biliyorsun, küçük kızlar da en az yılanlar kadar çok yumurta yerler."

"Sana inanmıyorum," dedi Güvercin; "fakat eğer yiyorlarsa bile, bu demektir ki onlar da bir çeşit yılandır. Tek söyleyeceğim bu."

Bu, Alice için yeni bir bakış açısıydı, bu yüzden birkaç

dakika boyunca düşündü. Güvercin de bu sessizliği bir fırsat bilerek lafını tamamladı: "Yumurta arıyordun, bundan eminim; şu durumda küçük bir kız ya da yılan olman benim için hiç fark etmez."

"Benim için fark eder ama," dedi Alice hemen; "sandığınız gibi buraya yumurta aramaya filan gelmedim, hem öyle olsa bile sizin yumurtanızı istemezdim; çiğ yumurta sevmem."

"O zaman çek git buradan," dedi Güvercin hoşnutsuzlukla ve yeniden yuvasına yerleşti. Alice, elinden geldiğince ağaçların arasına çömelmeye çalıştı, çünkü boynu gittikçe dallara dolanıyordu ve Alice de ara sıra boynunu kurtarmak için duruyordu. Bir süre sonra aklına o sırada hâlâ elinde tutmakta olduğu mantar lokmaları geldi ve büyük bir dikkatle bir o parçadan bir bu parçadan ısırdı ve defalarca uzayıp kısalarak normal boyutuna ulaştı.

Kendi boyutunda olmayalı uzun zaman olduğundan bu durum ilkin Alice'e tuhaf gelmişti; fakat birkaç dakikada bu duruma alıştı ve yine her zamanki gibi kendi kendine konuşmaya başladı, "Planımın yarısı gerçekleşmiş oldu işte! Bütün bu olanlar ne kadar da şaşırtıcı! Bir dakika sonra başıma neler geleceğini kesinlikle bilmiyorum! Ama olsun, yine de kendi boyuma döndüm; sırada, yeniden o güzel bahçeye dönmek var – bunu nasıl başaracağım, merak ediyorum doğrusu!" Bunları söylerken açıklık bir alana geldi. Burada, karşısına yaklaşık bir metre yüksekliğinde bir ev çıktı. "Bu evde kim yaşarsa yaşasın," diye düşündü Alice, "bu boyla karşılarına çıkmam hiç de hoş olmaz: korkudan ödleri patlar!" Bunun üzerine sağ elindeki mantar parçasından ufacık bir ısırık daha aldı ve boyu yirmi santime ininceye dek eve yaklaşmadı.

BÖLÜM VI
DOMUZ VE BİBER

Alice, birkaç dakika boyunca evi süzdü. Tam ne yapması gerektiğini düşünüyordu ki, birdenbire ormandan koşarak çıkan üniformalı bir uşak gördü (bu gelenin bir uşak olduğunu, üzerindeki üniformasından anlamıştı; eğer yalnızca yüzüne bakarak karar verseydi, bunun bir balık olduğunu düşünürdü). Uşak, gürültülü bir şekilde parmağıyla kapıya vurmaya başladı. Kapıyı yuvarlak bir yüzü ve tıpkı bir kurbağayı andıran iri gözleri olan, bir diğer üniformalı uşak açtı. Alice, her iki uşağın da kıvırcık saçlarını pudraladıklarını fark etti. Bütün bunların ne anlama geldiğini merak eden Alice, uşakların ne konuştuklarını dinlemek için yavaşça ormandan çıktı.

Balık uşak kolunun altından neredeyse kendisi kadar büyük olan bir mektup çıkarıp ciddi bir tonda, "Bu mektup Düşes'e. Kraliçe'nin kriket maçına bir davet," diyerek mektubu diğer uşağa teslim etti. Kurbağa uşak da aynı ciddi tonda bu sözleri tekrar etti, yalnız sözcüklerin yerini biraz değiştirerek: "Bu mektup Kraliçe'den. Kriket maçı için Düşes'e bir davet."

Bu konuşmadan sonra uşaklar başlarını eğerek selamlaştı ve bu sırada bukleleri birbirine karıştı.

Alice bu duruma çok güldü, öyle ki, kendisini duyarlar korkusuyla çareyi ormana kaçmakta buldu. Yeniden dışarı çıktığında Balık uşak gitmiş, diğer uşak ise kapının önüne oturmuş aptalca gökyüzüne bakıyordu.

Alice çekinerek kapının yanına geldi ve kapıyı tıklattı.

"Kapıyı tıklamanın bir yararı olmaz," dedi uşak, "bunun iki nedeni var. Birincisi, ben de seninle birlikte kapının ön tarafındayım; ikincisi, içeride o kadar çok gürültü çıkarıyorlar ki seni duyacaklarını pek sanmam." Gerçekten de içeriden kulakları sağır eden bir gürültü geliyordu – durmak bilmeyen bir uğultu, hapşırmalar, arada sırada sanki tabak çanaklar tuzla buz olmuş gibi çıkan şangırtılar, hepsi birbirine karışıyordu.

"O zaman, lütfen söyler misiniz, içeri nasıl girebilirim?" diye sordu Alice.

"Kapı aramızda olsaydı," diye sözlerine devam etti uşak, Alice'i duymazdan gelerek, "kapıyı tıklamak işe yarayabilirdi. Örneğin, eğer sen içeride olsaydın kapıyı tıklardın, ben de seni dışarı çıkarırdım, anlıyorsun değil mi?" Uşak, konuşurken gözünü gökyüzünden ayırmıyordu, Alice onun bu davranışını kesinlikle kaba buldu. "Belki de kendini engelleyemiyordur," diye düşündü; "gözleri neredeyse kafasının üstünde. Fakat her ne olursa olsun, ona sorulan soruları yanıtlamalı – İçeri nasıl gireceğim?" diye yineledi sorusunu yüksek sesle.

"Yarına dek burada oturacağım," dedi uşak.

Tam bu sırada evin kapısı açıldı ve genişçe bir tabak dosdoğru uşağın kafasına doğru uçtu; tabak uşağın burnunu sıyırıp geçti ve karşıdaki ağaçlardan birine çarparak bin bir parçaya ayrıldı.

"Belki iki gün de oturabilirim," diye aynı tonda konuşmasını sürdürdü uşak sanki hiçbir şey olmamış gibi.

"İçeri nasıl gireceğim?" diye sordu Alice bu sefer bağırarak.

"İçeriye girmene izin var mı peki?" dedi uşak, "her şeyden önce bu soruyu yanıtlamalısın."

Kuşkusuz uşak haklıydı, her ne kadar Alice bu sorudan hoşlanmamış olsa da. "Bu yaratıklarla tartışmak gerçekten korkunç bir şey," diye mırıldandı Alice. "Bunların arasında insan aklını yitirir!"

Uşak, az önce söylediği sözü evire çevire tekrarlamak için iyi bir fırsat yakaladığını anlamıştı. "Burada gece gündüz, aylarca oturacağım."

"İyi de, ben ne yapacağım?"

"Ne istersen," dedi uşak ve ıslık çalmaya başladı.

"Of, bununla konuşmanın bir yararı yok," dedi Alice umutsuzca, "ahmağın önde gideni!" böyle diyerek kapıyı açtı ve içeri girdi.

Kapı genişçe bir mutfağa açılıyordu. Mutfak tamamen duman altıydı, Düşes, mutfağın ortasındaki üç ayaklı iskemlenin üzerinde oturmuş kucağındaki bebeği emziriyor, aşçı ise ocağa eğilmiş, görünüşe göre içinde çorba olan bir kazanı karıştırıyordu.

"Bu çorbanın biberi kesinlikle fazla kaçmış!" dedi Alice kendi kendine. Aslına bakarsanız, hapşırmaktan pek bir şey diyememişti.

Gerçekten de havada çok fazla biber vardı. Düşes bile ara sıra hapşırmaktan kendini alamıyordu. Hele bebek! Zavallıcık hapşırık nöbetlerine tutuluyor, sürekli ağlıyordu. Mutfakta hapşırmadan duran iki kişi vardı: Biri aşçı, diğeri ise yere sere serpe serilmiş, ağzı kulaklarına varan tombul bir kediydi.

"Acaba bana söyleyebilir misiniz, kediniz niçin böyle sırıtıyor?" diye sordu Alice, Düşes'e biraz çekinerek. İlk önce konuşmuş olmakla iyi edip etmediğinden pek emin değildi.

"O bir Cheshire kedisidir," dedi Düşes, "işte bu yüzden sürekli sırıtıp durur. Domuz!"

Düşes son sözcüğü öylesine sert bir biçimde söylemişti ki Alice yerinden sıçradı. Fakat daha sonra Düşes'in bunu kendisine değil de, kucağındaki bebeğe söylediğini anladı. Bunun üzerine tekrar konuşacak cesareti buldu:

"Cheshire kedilerinin sürekli sırıttıklarını bilmiyordum; aslında kedilerin sırıtabildiklerini bilmiyordum."

"Hepsi sırıtabilir," dedi Düşes; "ve genelde sırıtırlar da."

"Daha önce hiç sırıtan bir kedi görmemiştim," dedi Alice kibarca. Düşes'le sohbet etmeye başladığı için mutluydu.

"Demek ki onları fazla tanımıyorsun," dedi Düşes.

Alice, Düşes'in ses tonunu beğenmemişti, konuyu değiştirmenin daha iyi olacağını düşündü. Tam yeni bir konu açmak üzereydi ki, aşçı çorba kazanını ateşten indirdi ve elinin uzanabildiği her şeyi Düşes ve bebeğe fırlatmaya başladı – ilk olarak ızgara havaya uçtu, sonra çanak çömlek yağmuru başladı. Düşes, kendisine çarpan tabaklara aldırmıyordu bile, bebek ise o kadar çok gürültü çıkarıyordu ki, tabakların canını yakıp yakmadığını söylemek oldukça zordu.

"Ne yaptığınıza dikkat eder misiniz lütfen!" diye haykırdı Alice. Dehşet ve korku içinde hop oturup hop kalkıyordu. Sonra, "Ah, gitti canım burun!" dedi, çünkü koskocaman bir tava az kalsın bebeğin burnunu kıracaktı.

"Eğer herkes kendi işine bakarsa, Dünya şimdi olduğundan daha hızlı döner," diye hırladı Düşes.

"Bu bir işe yaramazdı," dedi Alice, bilgisini sergileyeceği bir fırsatın eline geçmesi hoşuna gitmişti. "Gece ve gündüz ne olacak hem? Biliyorsunuz, Dünya kendi ekseni etrafında bir dönüşünü yirmi dört saatte tamamlar –"

"Bak esnek dedin de aklıma geldi," dedi Düşes, "senin şu ikide bir sağa sola dönen esnek boynunu vurdurtacağım!"

Alice, mesajı almış mı almamış mı diye gözlerini korkuyla aşçıya çevirdi; fakat aşçı hâlâ çorbayı karıştırmakla meşguldü ve konuşulanları duymuş gibi görünmüyordu. Bunun üzerine Alice konuşmasını sürdürdü: "Sanırım yirmi dört saatti; yoksa on iki miydi? Ben –"

"Of, benim canımı sıkma!" dedi Düşes. "Rakamlarla uğraşmaktan hoşlanmam!" Bunu dedikten sonra bebeği emzirmeye devam etti. Emzirirken ninni gibi bir şeyler mırıldanıyor, her dörtlüğün sonunda bebeği sertçe sarsıyordu:

"Konuş çocuğunla kaba saba,
Aksırdıkça patakla,
O seni sinir etmek için yapıyor,
Çünkü bunun şaka olduğunu biliyor."

KORO
(koroya aşçı ve bebek de katılır)
"Lay! Lay! Lom!"

Düşes ninninin ikinci dörtlüğünü söylerken bebeği öyle bir fırlattı ki, Alice bebeğin ulumasından ninniyi zar zor duyabildi:

"Konuşurum çocuğumla kaba saba,
Pataklarım o aksırdıkça;
Bilirim, sever biberi
Canı istediğinde tabii ki."

KORO
"Lay! Lay! Lom!"

"Al şunu! Biraz da sen ilgilen!" dedi Düşes bebeği Alice'e uzatarak. "Benim gidip Kraliçe ile yapacağım kriket maçı için hazırlanmam gerek." Düşes bunu dedikten sonra aceleyle mutfaktan dışarı çıktı. Kapıdan çıkarken aşçı ona bir kızartma tavası fırlattıysa da ıskaladı.

Alice bebeği güçlükle yakaladı. Bebeğin tuhaf bir şekli vardı. Kolları ve bacakları dört bir yana açılmıştı. "Tıpkı bir deniz yıldızı gibi," diye düşündü Alice. Alice onu yakaladığında zavallı bebek buharlı bir vapur gibi homurdanıyor, vücudunu şekilden şekle sokuyordu. Bu yüzden Alice'in onu doğru düzgün tutması birkaç dakikasını aldı.

Bebeği zaptetmenin uygun bir yolunu bulunca, (önce onu eğip bükerek bir düğüm haline getiriyor, sonra da kendi kendisini çözmesin diye sağ kulağıyla sol ayağını sıkı sıkı tutuyordu) Alice bebeği açık havaya çıkardı. "Bu çocuğu benimle beraber götürmezsem, bir iki güne kalmaz canını çıkartırlar," diye düşündü, "bebeği burada terk edip gitmek bir cinayet olurdu." Alice, bu son sözlerini yüksek sesle söyledi ve bebek de karşılık olarak homurdandı (Bu arada hapşırığı da geçmişti). "Öyle homurdanıp durma," dedi Alice, "kendini homurdanarak ifade etmek hiç de güzel bir davranış değil."

Bunun üzerine bebek gene homurdandı ve Alice sorunun ne olduğunu anlamak için endişeyle onun suratına baktı. Kuşkusuz, bebeğin burnu yukarıya doğru biraz fazla kıvrılmıştı. İnsan burnundan çok, bir hayvan burnunu andırıyordu. Gözleri de bir bebeğe göre oldukça ufaktı: Sonuç olarak Alice bu yaratığın görünümünden hiç de hoşlanmadı. "Belki de ağlamaktan gözleri küçülmüştür," diye düşündü ve gözyaşı görür müyüm acaba, diye yeniden bebeğin gözlerinin içine baktı.

Hayır, gözyaşı filan yoktu. "Eğer bir domuz olmayı kafana koyduysan tatlım, artık seninle bir işim kalmadı demektir," dedi Alice ciddi bir tonda, "Bunu böyle bil!" Bunun üzerine zavallı bebek tekrar hıçkırdı (belki de homurdandı, hangisini yaptığını söylemek gerçekten çok güçtü) ve bir süre sessizce beklediler.

Tam Alice "Eve gidince bu bebeği ne yapacağım," diye düşünmeye başlamıştı ki, bebek gürültülü bir biçimde homurdanınca Alice panik içinde onun yüzüne baktı. Artık kuşkuya yer yoktu; bu yaratık kesinlikle bir domuzdu ve Alice artık onu taşımasının çok saçma olacağını düşündü.

Bunun üzerine kucağındaki yaratığı yere bıraktı ve yaratığın sessizce ormana doğru koşturduğunu görünce içi rahatladı. "Eğer büyüseydi, çok çirkin bir çocuk olurdu: fakat yine de yakışıklı bir domuzdu bence," dedi Alice kendi kendine. Aklından domuz olmaya en uygun arkadaşlarını geçirdi; bir yandan da kendi kendine konuşuyordu, "Keşke birileri onları domuzlaştırmanın yolunu bilseydi –" Alice böyle konuşurken, birkaç metre uzağındaki ağacın tepesinde oturan Cheshire kedisini görünce irkildi.

Kedi, Alice'i görünce yalnızca sırıttı. "İyi huylu bir kedi bu," diye düşündü Alice; yine de oldukça uzun pençeleri ve birçok dişi vardı, bu yüzden Alice ona saygıyla yaklaşmanın doğru olacağını düşündü.

"Cheshire pisisi," diye başladı söze çekingenlikle, çünkü kedinin kendisine konulan bu ismi beğenip beğenmeyeceğinden emin değildi; fakat kedi daha da fazla sırıtmaktan başka bir tepki vermedi. "İyi gidiyorum, buraya kadar hoşuna gitti," dedi Alice içinden, "Lütfen bana hangi yolu izlemem gerektiğini söyler misiniz?"

"Bu, nereye gitmek istediğine göre değişir," dedi Kedi.

"Aslında nereye gittiğim pek umurumda değil –" dedi Alice.

"O zaman hangi yolu izlersen izle, fark etmez," dedi Kedi.

"– bir yere varayım, yeter," diye tamamladı Alice sözünü.

"Ah, bundan kuşkun olmasın, kesinlikle bir yere varırsın, tabi eğer yeteri kadar yürürsen."

Kedi, sözlerinde yerden göğe kadar haklıydı, bu yüzden Alice bir başka soru sormayı denedi. "Buralarda ne tür insanlar yaşar?"

"Şu tarafta," dedi Kedi sağ patisini sallayarak, "bir Şapkacı yaşar, şu tarafta ise," diğer patisini salladı, "Mart Tavşanı yaşar. Hangisini istersen onu ziyaret edebilirsin, sonuçta ikisi de deli."

"Ama ben deli insanların arasına karışmak istemiyorum ki," dedi Alice.

"Başka çaren yok," dedi Kedi; "buradaki herkes delidir. Ben deliyim. Sen delisin."

"Benim deli olduğumu nerden biliyorsun?" diye sordu Alice.

"Deli olmalısın," dedi Kedi, "yoksa buraya gelmezdin."

Alice, orada bulunmasının deli olduğu anlamına geldiğini sanmıyordu, yine de devam etti: "Peki kendinin deli olduğunu nereden biliyorsun?"

"Şöyle açıklayayım," dedi Kedi, "bir köpek deli değildir. Sence de öyle değil mi?"

"Olabilir," dedi Alice.

"O zaman," diye sürdürdü konuşmasını Kedi, "bir köpek kızgınken hırlar, mutluyken kuyruğunu sallar. Ben ise mutluyken hırlarım, kızgınken kuyruğumu sallarım. Demek ki ben deliyim."

"Ben ona hırlama demem, mırlama derim," dedi Alice.

"Sen istediğini de," dedi Kedi, "bugün Kraliçe'yle kriket oynayacak mısın?"

"Çok isterdim," dedi Alice, "fakat henüz davet edilmedim."

"Beni orada göreceksin," dedi Kedi ve yok oldu.

Alice tuhaf şeyler görmeye o kadar alışmıştı ki, kedinin kaybolmasına şaşırmadı. Kedi'nin kaybolduğu yere bakarken Kedi yine aniden ortaya çıkıverdi.

"Bu arada az kalsın sormayı unutuyordum," dedi Kedi, "bebeğe ne oldu?"

"Domuz oldu," diye sessizce cevapladı Alice. Sanki Kedi normal bir şekilde geri dönmüşçesine konuşuyordu Alice.

"Biliyordum," dedi Kedi ve yeniden yok oldu.

Alice bir süre belki gene gelir diye beklediyse de Kedi geri gelmedi. Alice birkaç dakika bekledikten sonra Mart Tavşanı'nın yaşadığı söylenilen yere doğru yürümeye başladı. "Bugüne kadar birçok şapkacı gördüm," diyordu kendi kendine, "bir Mart Tavşanı görmek daha heyecanlı olabilir, hem mayıstayız, belki delirmemiştir – en azından mart ayında olduğu kadar deli değildir." Alice böyle kendi kendine konuşurken başını havaya kaldırdı ve kedinin yine yukarıda, bir dalın üzerinde oturmakta olduğunu gördü.

"Sen domuz mu dedin, topuz mu?" diye sordu Kedi.

"Domuz dedim," diye karşılık verdi Alice, "hem böyle aniden kaybolup yok olma lütfen, insan serseme dönüyor!"

"Tamam," dedi Kedi ve bu kez yavaş bir biçimde yok oldu; ilk önce kuyruğu gözden kayboldu, en sonunda da sırıtan yüzü. Sırıtışı, bütün vücudu kaybolduktan sonra bir süre daha ağaçta kalmıştı.

"Daha önce defalarca bir sırıtışı olmayan kedi gördüm," diye düşündü Alice, "fakat kedisi olmayan bir sırıtış hiç görmedim! Bu başıma gelen en tuhaf şey!"

Alice'in Mart Tavşanı'nın evine ulaşması fazla uzun sürmedi. Alice bunun doğru ev olduğunu düşündü, çünkü evin bacaları tıpkı birer tavşan kulağı gibiydi ve çatı tüylerle kaplıydı. Bu o kadar büyük bir evdi ki, Alice sol elindeki mantardan ısırıp on on beş santim uzamadan evin yanına yaklaşmaya cesaret edemedi. Ürkek ürkek eve doğru yaklaşırken, kendi kendine söyleniyordu: "Ya tam deli zamanındaysa! Acaba Şapkacı'ya mı gitseydim!"

BÖLÜM VII

ÇILGIN BİR ÇAY PARTİSİ

Evin önündeki ağacın altına bir masa yerleştirilmişti ve Şapkacı ile Mart Tavşanı burada çaylarını yudumluyordu; aralarında ise derin bir uykuya dalmış olan Fındıkfaresi vardı. Onu bir yastık gibi kullanan Şapkacı'yla Mart Tavşanı dirseklerini zavallı hayvanın üzerine koymuş sohbet ediyorlardı. "Fındıkfaresi bu şekilde rahat olmasa gerek," diye düşündü Alice, "neyse ki uyuyor da bir şey hissetmiyor."

Masa geniş olmasına genişti, fakat üçü birden bir köşesine sıkışmıştı. Uzaktan Alice'in geldiğini gördüklerinde, hep bir ağızdan "Yer yok! Yer yok!" diye bağrıştılar. Alice, "Nasıl yok? Bir sürü yer var!" dedi alınganlıkla ve masanın diğer ucundaki büyük bir koltuğa oturdu.

"Biraz şarap almaz mıydınız?" diye sordu Mart Tavşanı, Alice'i rahatlatmak istercesine.

Alice masaya şöyle bir göz gezdirdi, fakat masada çaydan başka bir şey yoktu. "Şarap filan göremiyorum!" dedi en sonunda.

"Yok ki zaten," dedi Mart Tavşanı.

"Olmayan bir şeyi ikram etmeniz hiç de kibar bir davranış değil," dedi Alice öfkeyle.

"Davet edilmeden masaya oturmanız hiç de kibar bir davranış değil," dedi Mart Tavşanı.

"Bunun sadece sizin masanız olduğunu bilmiyordum," dedi Alice, "üç kişiden daha fazlası için hazırlandığı belli."

"Saçın uzamış, kesmek lazım," dedi Şapkacı. Uzun bir süredir meraklı gözlerle Alice'i süzüyordu; en sonunda ilk kez konuştu.

"Başkaları hakkında yorum yapmamayı öğrenmen lazım," dedi Alice biraz sertçe, "bu çok kaba bir davranış."

Bunu duyan Şapkacı'nın gözleri fal taşı gibi açıldı, fakat tek söylediği, "Kuzgun niçin yazı masasına benzer?" oldu.

"İşte eğlence başlıyor!" diye düşündü Alice. "Bilmecelere başlamalarına sevindim – sanırım bunun cevabını tahmin edebilirim," diye ekledi yüksek sesle.

"Buna cevap verebileceğini mi düşünüyorsun?" dedi Mart Tavşanı.

"Tam üstüne bastın," dedi Alice.

"O zaman ne demek istediğini söyle," diye devam etti Mart Tavşanı.

"Söylüyorum zaten," dedi Alice hemen, "en azından – en azından söylemeye çalıştığım şeyi söylüyorum – ikisi de aynı değil mi zaten?"

"Hiç de değil!" dedi Şapkacı. "O zaman şunlar da aynı anlama gelirdi: 'Yediğimi görüyorum demek, gördüğümü yiyorum demekle aynı şey'!".

"Ya da şunlar," diye ekledi Mart Tavşanı: "Sahip olduğum her şeyi severim ile sevdiğim her şeye sahibim."

"Şöyle de diyebilirsin," diye devam etti Fındıkfaresi, "uyuduğum zaman nefes alırım demek, nefes aldığım zaman uyurum demekle aynı şey." Fındıkfaresi, uykusunda konuşuyordu sanki.

"İşte bu senin için geçerli bir şey," dedi Şapkacı ve konuşma sona erdi. Bir an masaya sessizlik çöktü. Bu sırada Alice kuzgun ve yazı masasıyla ilgili tüm bildiklerini anımsamaya çalışıyordu, gerçi pek fazla bildiği bir şey yoktu.

Sessizliği bozan Şapkacı oldu. "Ayın hangi günündeyiz?" diye sordu Alice'e dönerek. Sonra cebinden saatini çıkardı, ona memnuniyetsizlikle baktı ve birkaç kez sallayıp kulağına götürdü.

Alice bir süre düşündü ve en sonunda, "Dördü," dedi.

"İki gün geri!" dedi Şapkacı iç çekerek. "Tereyağının işe yaramayacağını sana söylemiştim," diye de ekledi ve öfkeyle Mart Tavşanı'na baktı.

"Fakat en kaliteli tereyağıydı," diye karşılık verdi Mart Tavşanı usulca.

"Olabilir, demek ki içine kırıntı kaçmış," dedi Şapkacı daha da hırçınlaşarak, "yağı ekmek bıçağıyla sürmemen gerekirdi."

Mart Tavşanı saati eline alıp hüzünle baktı; sonra saati çay bardağının içine batırıp tekrar baktı, fakat ilk söylediğinden daha iyi bir şey bulamadığından, "Gerçekten en kaliteli tereyağıydı," dedi.

Alice, tavşanın omzunun üzerinden merakla saate bakıyordu. "Ne komik bir saat! Ayın hangi gününde olduğumuzu gösteriyor, fakat saati göstermiyor," dedi.

"Neden göstersin ki?" diye mırıldandı Şapkacı. "Senin saatin hangi yılda olduğumuzu gösteriyor mu?"

"Tabii ki de hayır," diye cevap verdi Alice hemen: "fakat bunun nedeni çok uzun süre aynı yılı göstermesi."

"İşte benimki de o yüzden göstermiyor," dedi Şapkacı.

Alice son derece şaşırmıştı. Şapkacı'nın sözleri ona anlamsız gelmişti, fakat anladığı dilden de konuşmuştu! "Sizi pek anlayamadım," dedi olabildiğince kibar bir biçimde.

"Fındıkfaresi yine uykuya daldı," dedi Şapkacı ve bir bardak sıcak çayı Fındıkfaresi'nin burnunun üzerine döktü.

Fındıkfaresi şöyle bir silkindi ve gözlerini açmadan "Tabii, tabii; tam ağzımdan aldın."

Şapkacı tekrar Alice'e dönerek, "Bilmecenin yanıtını bulabildin mi?" diye sordu.

"Hayır, bulmaktan vazgeçtim. Yanıtı nedir?" dedi Alice.

"En ufak bir fikrim yok," dedi Şapkacı.

"Benim de," diye araya girdi Mart Tavşanı.

Alice bıkkınlıkla iç çekti. "Sanırım zamanınızı yanıtı olmayan bilmeceler sormak yerine daha yararlı işler yaparak harcamalısınız," dedi.

"Eğer sen de zamanı benim kadar iyi bilseydin," dedi Şapkacı, "onu boşa harcamak gibi laflar etmezdin. Zamanı asıl boşa harcayan o."

"Ne demek istediğinizi anlayamadım," diye karşılık verdi Alice.

"Tabii ki anlamazsın!" dedi Şapkacı başını karşısındakini küçümsercesine sallayarak. "Bahse girerim sen ZAMAN ile konuşmamışsındır bile!"

"Belki konuşmadım," diye yavaşça karşılık verdi Alice, "ancak müzik derslerimde zamana karşı yarıştım."

"Ah! İşte bu her şeyi açıklıyor," dedi Şapkacı. "O yarışılmaya gelemez. Şimdi, eğer zamanla iyi ilişkiler kurarsan, o da saati istediğin gibi gösterir. Örneğin, diyelim saat sabah dokuz, tam ders zilinin çaldığı zaman; ipucunu zamanın kulağına fısıldarsan, göz açıp kapayıncaya kadar saat bir buçuk olur! Yani yemek zamanı!"

("Keşke öyle olsaydı," diye kendi kendine mırıldandı Mart Tavşanı.)

"Elbette bu harika olurdu," dedi Alice düşünceli düşünceli; "fakat o zaman da ben aç olmazdım ki!"

"İlkin olmazdın belki," dedi Şapkacı, "fakat saati bir buçukta istediğin kadar tutabilirdin."

"Siz öyle mi yapıyorsunuz?" diye sordu Alice.

Şapkacı üzüntüyle başını salladı. "Hayır!" dedi. "Geçen mart ayında kavga ettik – bu delirmeden önce –" (çay kaşığıyla Mart Tavşanı'nı işaret etti), "Kupa Kraliçesi en görkemli konserlerinden birini veriyordu ve ben de o konserde şu şarkıyı söyleyecektim:

'Parılda, parılda, küçük yarasa,
Neyin peşindesin, söyle bana!'

Belki bu şarkıyı bilirsin."

"Kulağıma yabancı gelmedi," dedi Alice.

"Hatta şöyle devam ediyor," diye devam etti Şapkacı:

'Uçarsın dünyanın tepesinde,
Bir tepsi gibi gökyüzünde,
Parılda, parılda –'

Tam bu sırada Fındıkfaresi şöyle bir titredi ve uykusunda şarkı söylemeye başladı, "Parılda, parılda, parılda, parılda –" ve "parılda"ları o kadar çok uzattı ki en sonunda sussun diye onu çimdiklediler.

"İlk dizeleri bitirmiştim ki," dedi Şapkacı, "Kraliçe, 'Zamanı öldürüyor! Kafasını uçurun' diye bağırmaya başladı."

"Ne korkunç bir zalimlik!" dedi Alice.

"İşte o günden sonra saat hiçbir dediğimi yapmadı! Hep altıyı gösteriyor," dedi Şapkacı üzgün bir sesle.

Alice'in aklında bir ışık yanmıştı. "Bu yüzden mi burası sürekli çay bardaklarıyla dolu?" diye sordu.

"Evet, bu yüzden," dedi Şapkacı iç çekerek; "Hep çay saati, bu yüzden çay bardaklarını yıkayacak zamanımız olmuyor."

"Ve siz de yer değiştirip duruyorsunuz sanırım," dedi Alice.

"Kesinlikle," dedi Şapkacı; "önümüzdeki bardakları kullanıldıkça yer değiştiriyoruz."

"Fakat tekrar başa döndüğünüzde ne yapıyorsunuz?" diye çekinerek sordu Alice.

"Bu konuyu kapatalım," diye araya girdi esneyen

Mart Tavşanı. "Sıkıldım artık. Haydi bu genç bayan bize bir masal anlatsın."

Alice, bu öneri üzerine telaşlanarak, "Ama ben hiç masal bilmem ki," dedi.

"O zaman Fındıkfaresi anlatsın!" diye bağırdı Mart Tavşanı ve Şapkacı aynı anda. "Uyan Fındıkfaresi!" Böyle deyip Fındıkfaresi'ni her iki yanından çimdiklemeye başladılar.

Fındıkfaresi yavaşça gözlerini açtı. "Uyumuyordum ki," dedi güçsüz ve uykulu bir sesle, "konuştuklarınızın hepsini duydum."

"Bize bir masal anlat!" dedi Mart Tavşanı.

"Evet, lütfen anlat!" dedi Alice yalvaran bir sesle.

"Ve çabuk ol," diye ekledi Şapkacı, "yoksa daha başlamadan tekrar uyuyacaksın."

"Bir zamanlar üç küçük kız kardeş yaşarmış," diye aceleyle anlatmaya başladı Fındıkfaresi; "adları Elsie, Lacie ve Tillie'ymiş. Bu kardeşler bir kuyunun dibinde yaşarlarmış –"

Midesine pek düşkün olan Alice, "Peki ne yiyip içerlermiş?" diye sordu.

Fındıkfaresi birkaç dakika düşündükten sonra, "Şeker pekmezi," dedi.

"Bunu yapamazlar, biliyorsunuz değil mi?" dedi Alice, "Sadece şeker pekmezi yeselerdi hasta olurlar."

"Hastalanmışlar zaten," dedi Fındıkfaresi, "hem de çok!"

Alice, böylesine sıra dışı yaşam sürmesinin nasıl olacağını hayal etti, fakat kafası o kadar karıştı ki konuşmaya devam etti: "Peki neden kuyunun dibinde yaşıyorlarmış?"

"Biraz daha çay almaz mıydın?" dedi Mart Tavşanı, Alice'e dönerek.

"Henüz bir şey almadım ki," dedi Alice gücenmiş bir ses tonuyla, "bu yüzden fazladan almam olanaksız."

"Daha az alamayacağını mı demek istiyorsun?" diye sordu Şapkacı; "Daha fazla almak, hiç almamaktan çok daha kolaydır."

"Size fikrinizi soran olmadı," dedi Alice.

"Şimdi kim kişisel düşüncelerini öne sürdü ki?" diye sordu Şapkacı zafer kazanmış gibi.

Alice buna karşılık söyleyecek söz bulamadı; bunun üzerine kendine biraz çay ve tereyağlı ekmek alıp Fındıkfaresi'ne döndü ve sorusunu tekrarladı. "Neden kuyunun dibinde yaşıyorlarmış?"

Fındıkfaresi yine birkaç dakika düşündü, taşındı ve "Bu bir pekmez kuyusuymuş," dedi.

"Pekmez kuyusu diye bir şey yoktur," dedi Alice, artık kızmaya başlamıştı. Mart Tavşanı ile Şapkacı, birlikte "Şşt! Şşt!" dediler. Fındıkfaresi de yüzünü asarak, "Eğer kibar olmayı beceremiyorsan masalı kendin tamamla," dedi.

"Hayır hayır, lütfen devam edin," dedi Alice büyük bir alçakgönüllülükle, "bir daha lafınızı kesmeyeceğim. Demek ki o dediğiniz kuyulardan bir tane varmış."

"Gerçekten de bir tane vardı!" dedi Fındıkfaresi öfkeyle. Yine de konuşmaya devam etti. "Bu üç kız kardeş, çekmeyi öğreniyormuş işte –"

"Ne çekiyorlarmış?" dedi Alice verdiği sözü unutarak.

"Şeker pekmezi," dedi Fındıkfaresi. Bu sefer Alice'in sözünü kesmesine aldırmamıştı.

"Ben temiz bir fincan istiyorum," diye araya girdi Şapkacı, "haydi birer sıra ileri gidelim."

Şapkacı bunu diyerek bir sıra kaydı, Fındıkfaresi de onu izledi; Mart Tavşanı Fındıkfaresi'nin yerine, Alice de gönülsüzce Mart Tavşanı'nın yerine oturdu. Bu değişiklik en çok Şapkacı'nın işine yaramıştı; Alice ise hiç olmadığı kadar rahatsızdı çünkü Mart Tavşanı biraz önce tabağının içine sütlüğü devirmişti.

Alice, Fındıkfaresi'ni yine kızdırmak istemiyordu, bu yüzden sözlerine dikkat ederek, "Fakat anlamıyorum. Pekmezi nereden çekiyorlardı?" diye sordu.

"Bir su kuyusundan su çekebilirsin," dedi Şapkacı, "o zaman bence pekmez de pekmez kuyusundan çekilir – saçmaladım değil mi?"

"Fakat zaten kuyunun içindelerdi," dedi Alice, Fındıkfaresi'ne. Şapkacı'nın söylediğini duymazdan gelmişti.

"Tabii ki kuyunun içindeydiler," dedi Fındıkfaresi.

Bu yanıt zavallı Alice'i o kadar şaşırttı ki, bir süre hiç sözünü kesmeden Fındıkfaresi'ni dinledi.

Fındıkfaresi'ni uyku bastırmıştı, esneyip gözlerini ovuşturarak konuşmasına devam etti, "A harfi ile başlayan her türlü şeyi çekmeyi öğreniyorlardı –"

"Neden A ile başlayanları?" diye sordu Alice.

"Neden olmasın?" dedi Mart Tavşanı.

Alice hiçbir şey demedi.

Fındıkfaresi'nin gözleri bu kez kapandı, uykuya dalmak üzereydi. Ancak Şapkacı'nın çimdiklemesiyle küçük bir çığlık attı ve yeniden kendine gelerek konuşmasını sürdürdü: "– A ile başlayan, yani ağaç, ay, anı, aynılık gibi – birbirinin 'aynı' olan cümleler söyledin ya az önce, onun gibi işte. Kuyudan aynılık çekmek gibi bir şey gördün mü hiç?"

"Gerçekten mi? Bana mı soruyorsunuz?" dedi Alice. Kafası iyice karışmıştı. "Sanmıyorum –"

"O zaman konuşmamalısın," dedi Şapkacı.

Bu bardağı taşıran son damla oldu. Alice bu kadar kabalığa katlanamazdı. Öfkeyle yerinden kalktı ve yürümeye başladı. Hemen o anda Fındıkfaresi uykuya daldı. Kimse Alice'in gittiğinin farkında değildi. Fakat yine de Alice belki onu masaya geri çağırırlar umuduyla birkaç kez dönüp arkasına bakmıştı. Alice onları en son gördüğünde, Fındıkfaresi'ni bir çaydanlığın içine tıkmaya çalışıyorlardı.

"Ne olursa olsun, bir daha oraya gitmeyeceğim," dedi Alice yavaşça ormana doğru ilerlerken. "Ben hayatımda böyle aptal bir çay partisi görmedim."

Alice bunu der demez, karşısına içeri doğru açılan bir kapısı olan bir ağaç çıktı. "Ne kadar da tuhaf!" diye düşündü. "Bugün her şey çok tuhaf zaten. İçeride ne var acaba, bir girip bakayım." Böyle diyerek içeri girdi.

Alice kendisini bir kez daha uzun bir geçitte buldu. İşte, küçük cam masa da hemen yanındaydı. Kendi kendine, "Bu sefer daha iyisini yapacağım," dedi ve küçük altın anahtarı eline alıp bahçeye açılan kapıyı açtı. Sonra mantardan birkaç ısırık aldı (cebinde hâlâ bir parça vardı) ve yirmi santim olana dek mantarı kemirdi. Uygun boya gelince küçük geçidi takip etti ve sonra – kendisini rengarenk çiçeklerle, serin şelalelerle dolu güzel bahçede buldu.

BÖLÜM VIII

KRALİÇE'NİN KRİKET SAHASI

Bahçenin girişine yakın bir yerde kocaman bir gül ağacı vardı; bu ağacın gülleri beyazdı, fakat üç bahçıvan bu beyaz gülleri kırmızıya boyamakla meşguldü. Bu durumu garipseyen Alice, olan biteni daha yakından görmek için bahçıvanların yanına gitti. Biraz yaklaşınca, bahçıvanlardan birinin, "Biraz dikkatli olsana Beşli! Boyayı üzerime sıçratıyorsun!" dediğini duydu.

"Ne yapayım," dedi Beşli suratını asarak, "Yedili dirseğime çarptı."

Bu sözler üzerine Yedili başını kaldırıp, "Çok haklısın Beşli! Suçu her zaman başkalarının üzerine at!" dedi.

"Sen hiç konuşmasan iyi edersin," diye karşılık verdi Beşli. "Daha dün Kraliçe boynunun kesilmesini hak ettiğini söyledi, ben şahidim."

"Ne için?" diye sordu ilk konuşan bahçıvan.

"Seni ilgilendirmez, İkili!" dedi Yedili.

"Evet, ilgilendirir!" dedi Beşli. "İşte bak, anlatıyorum – aşçıya bildiğimiz soğan yerine lale soğanı getirdiği için Kraliçe öyle dedi."

Yedili fırçasını yere fırlattı ve tam "Zaten bütün suç benim," diye söze başladığında, kendilerini izlemekte olan Alice'i fark edip sustu. Bunun üzerine diğerleri de dönüp baktılar ve hafifçe yerlere kadar eğilerek selam verdiler.

"Acaba niçin bu gülleri kırmızıya boyadığınızı söyleyebilir misiniz?" diye sordu Alice biraz çekingenlikle.

Beşli ile Yedili hiçbir şey demedi, yalnızca dönüp İkili'ye baktılar. Bunun üzerine İkili alçak bir sesle konuşmaya başladı, "Aslında genç bayan, burada kırmızı bir gül ağacı olması gerekiyordu, fakat biz yanlışlıkla beyaz gül ağacı dikmişiz; eğer Kraliçe bunu anlarsa hepimizin kafasını uçurur, işte bu yüzden biz de o gelmeden elimizden geleni yapmaya çalışıyoruz –" Tam bu sırada, büyük bir tedirginlikle bahçeyi gözetlemekte olan Beşli, "Kraliçe! Kraliçe!" diye bağırmaya başladı ve üç bahçıvan da kendilerini yüzüstü yere attı. Yakınlardan bir yerlerden bir sürü ayak sesi geliyordu. Alice, Kraliçe'yi görürüm umuduyla çevresine bakındı.

İlk önce ellerinde sopaları olan ve tepelerinde sinekler uçuşan on asker geldi; bu askerler de tıpkı bahçıvanlara benziyordu: dümdüz ve dikdörtgen biçimindeydiler, elleriyle ayakları köşelerden fırlamıştı. Bu asker taburunu on tane saray muhafızı izledi; askerler gibi ikişerli gruplar halinde yürüyen bu saray adamlarının her yeri karo şeklinde elmaslarla süslenmişti. Sonra kraliyet ailesinin çocukları geldi, onlar da on kişiydi. Ellerindeki kupaları havaya kaldırarak sevinçle çiftler halinde sağa sola zıplıyorlardı; hepsinin üzerinde kalpli süsler vardı. Bütün bu kalabalığın ardından çoğunluğunu krallar ve kraliçelerin oluşturduğu misafirler geldi. Alice, bu yeni gelenlerin arasında gördüğü Beyaz Tavşan'ı hemen tanıdı. Beyaz Tavşan heyecanla hızlı hızlı bir şeyler söylüyor, her söylenene gülümseyerek karşılık veriyordu. Yanından geçerken Alice'i fark etmemişti bile. Beyaz Tavşan'dan sonra, elindeki kırmızı kadife yastığın üzerinde kralın tacını taşıyan düzenbaz Kupa Valesi ve bu görkemli alayın en son konukları, Kupa Papazı ve Kızı'nın eşliğinde KRAL ve KRALİÇE geldi.

Alice, üç bahçıvan gibi yerlere eğilip eğilmemesi gerektiği konusunda kararsızdı, ama bu tür törenlerde böyle bir kuralın uygulandığına ilişkin bir şey anımsamıyordu. "Hem eğer herkes yere eğilirse kimse alayı göremez, o zaman alayın geçişi ne işe yarar?" diye düşündü kendi kendine. Böylece olduğu yerde durmaya devam etti.

Alay tam önünden geçerken herkes durup Alice'e baktı. Kraliçe, öfkeyle "Bu da kim?" diye sordu Kupa Valesi'ne. Kupa Valesi de karşılık olarak eğilip gülümsedi.

"Aptal!" dedi Kraliçe öfkeyle başını sallayarak. Alice'e dönüp "Senin adın ne, çocuk?" diye sordu.

"Adım Alice, Majesteleri," dedi Alice oldukça kibar bir biçimde, fakat içinden de kendi kendine söyleniyordu, "Bunların hepsi yalnızca bir deste iskambil kağıdı, onlardan korkmama gerek yok."

"Peki bunlar kim?" diye sordu Kraliçe gül ağacının dibine uzanmış bahçıvanları göstererek. Gördüğünüz gibi bahçıvanlar yüzüstü yattıklarından yalnızca sırtlarındaki desenler görünüyordu. Bahçıvanlar da aynı destenin kartları olduklarından, Kraliçe onların bahçıvan mı, asker mi, saray muhafızı mı yoksa çocuklarından üçü mü olduğunu anlayamamıştı.

Alice, gösterdiği yürekliliğe kendi de şaşarak, "Ben nerden bileyim, kimlerse kim, beni ilgilendirmez," deyiverdi.

Kraliçe öfkeden kıpkırmızı kesildi. Vahşi bir hayvan gibi bir süre Alice'e baktıktan sonra bağırmaya başladı: "Kesin kafasını! Kesin – "

"Saçmalık," dedi Alice kararlı bir sesle. Kraliçe de sustu.

Kral, Kraliçe'nin kolunu tuttu ve ürkek bir sesle, "Sakin ol tatlım, o daha bir çocuk!" dedi.

Kraliçe öfkeyle Kral'a arkasını döndü ve Kupa Valesi'ne "Şu kartların ön yüzünü çevirin," dedi.

Kupa Valesi, ayağı ile büyük bir dikkatle kendisine denileni yaptı.

"Kalkın ayağa!" diye haykırdı Kraliçe tiz bir sesle. Bunun üzerine üç bahçıvan hemen ayağa fırladı ve Kral'ın, Kraliçe'nin, çocukların ve diğer herkesin önünde tek tek eğilerek selam verdi.

"Kesin şunu!" diye haykırdı Kraliçe. "Başımı döndürüyorsunuz." Sonra gül ağacına dönerek, "Burada ne yapıyordunuz?" diye sordu. "Hoşunuza gitsin diye, efendim," diye başladı İkili boğuk bir sesle, konuşurken bir dizinin üstünde eğiliyordu, "sizi memnun etmek için uğraşıyorduk –"

"Anlıyorum!" dedi o sırada gülleri incelemekte olan Kraliçe. "Kafalarını kesin!" dedi ve alay yürümeye devam etti. Üç asker, talihsiz bahçıvanların infazı için orada kalmıştı. Bahçıvanlar kendilerini koruması için doğruca Alice'e doğru koştular.

"Sizi idam edemezler!" dedi Alice ve onları yanındaki büyükçe bir çiçek saksısının içine koydu. Üç asker bir iki dakika kadar onları aradı, bulamayınca da koşarak diğerlerine yetişti.

"Kafaları kesildi mi?" diye sordu Kraliçe.

"Kafaları kesildi, Majesteleri!" diye bağırdı askerler.

"Güzel," dedi Kraliçe. "Kriket oynamayı biliyor musunuz?"

Askerler karşılık vermedi. Dönüp Alice'e baktılar. Belli ki bu soru ona sorulmuştu.

"Evet!" diye bağırdı Alice.

"Gel o zaman," diye kükredi Alice'e ve Alice de alaya katıldı. Başına daha nelerin geleceğini merak ediyordu.

Hemen yanı başında ürkek bir ses, "Çok – çok güzel bir gün!" dedi. Alice, yüzüne endişeyle bakan Beyaz Tavşan'ın yanında yürüyordu.

"Evet," dedi Alice. "Düşes nerede?"

"Şş! Şş!" dedi Tavşan hemen. Konuşurken tedirgince arkasına bakıyordu. Sonra parmakları üzerinde yükseldi ve ağzını Alice'in kulağına doğru yaklaştırıp şöyle fısıldadı: "Düşes infaz edilecek."

"Niçin?" diye sordu Alice.

" 'Ne yazık' mı dedin?" diye sordu Tavşan.

"Hayır öyle demedim," dedi Alice. "Bunun o kadar yazık olduğunu düşünmüyorum. 'Niçin' diye sormuştum."

"Düşes, Kraliçe'ye tokat attı –" diye anlatmaya başladı Tavşan. Alice kendini tutamayıp küçük bir kahkaha attı. "Hey, sus!" diye fısıldadı Tavşan korku dolu bir sesle. "Kraliçe duyacak! Düşes biraz gecikmişti, Kraliçe de dedi ki –"

"Herkes yerini alsın!" diye bağırdı Kraliçe gök gürültüsünü andıran bir sesle. Bunun üzerine herkes birbirini ite ite dört bir yana koşturdu, fakat birkaç dakika geçmeden herkes yerini aldı ve oyun başladı.

Alice, daha önce hiç bu kadar tuhaf bir kriket sahası görmemiş olduğunu düşündü; sahanın her yanı tümseklerle ve yarıklarla kaplıydı, kriket topları yerine canlı kirpiler, oyun sopaları yerine canlı flamingolar kullanılıyordu; askerler ise kemer oluşturmak için elleri ve ayakları üstünde iki büklüm bir halde durmak zorundaydılar.

Alice ilk zorluğu flamingosunu tutmakta yaşadı: bayağı bir uğraştıktan sonra flamingonun gövdesini kendisini rahatsız etmeyecek şekilde kollarının altına sokmuş, bacaklarını arkadan sallandırmıştı. Ancak Alice flamingonun boynunu düz bir şekilde tutup kafasıyla kirpiye vuracağı sırada, flamingo başını kaldırıp ona öyle şaşkın bir ifadeyle bakıyordu ki Alice gülmekten kendini alamıyordu. Flamingonun boynunu düzeltip tam her şeye yeniden başlayacakken bu sefer de kirpinin açılıp yavaşça oyun alanını terk etmesi Alice'i sinirlendiriyordu. Bütün bu engelleri aşıp kirpiye vurmak istediği sırada bu kez Alice'in karşısına tümsekler ve yarıklar çıkıyordu. Üstelik kemerleri oluşturan askerler ikide bir yer değiştirdiklerinden

Alice bunun ne denli zor bir oyun olduğunu anlamakta gecikmedi.

Oyuncular sıralarını beklemeden oynuyor, kirpiler için kavga ediyordu. En sonunda Kraliçe'nin tepesi attı ve bir yandan tepinirken diğer yandan "Onun kafasını kesin!" ya da "Şunun kafasını kesin!" diye bağırmaya başladı.

Alice endişelenmeye başlamıştı. Henüz Kraliçe ile ters düşmemişti, ancak bu her an olabilirdi. "Ya bana da kızarsa?" diye düşündü, "Bana ne olur o zaman? Buradaki insanlar kafa kesmeye de pek meraklı. Buna karşın hâlâ yaşayan birilerinin olması gerçekten şaşırtıcı!"

Alice kaçmak için etrafına bakınırken, "Acaba kimseye görünmeden buradan uzaklaşabilir miyim?" diye düşünüyordu. Tam bu sırada havada tuhaf bir görüntü fark etti. İlk bakışta buna çok şaşırmış olsa da, birkaç dakika bu görüntüye bakınca bunun sırıtan bir surat olduğunu anladı. İçinden "Bu Cheshire Kedisi," dedi, "bu harika, artık konuşabileceğim birisi var."

Ağzı konuşabilecek kadar ortaya çıkınca, Kedi "Nasılsın bakalım?" diye sordu.

Alice kedinin gözlerinin de belirmesini bekledi ve başını salladı. "Kulakları gelene dek bununla konuşmanın bir yararı olmaz," diye düşündü, "en azından bir kulağı gelene dek." Bir dakika sonra kedinin kafası bütünüyle ortaya çıkmıştı. Alice flamingosunu yere bıraktı ve konuşacak birini bulmanın verdiği mutlulukla kriket maçını yorumlamaya başladı. Kedi de yeteri kadar göründüğünü düşünmüş olacak ki daha başka bir yerini göstermedi.

"Hiç de kuralına göre oynamıyorlar," diye yakındı Alice, "üstelik birbirleriyle öyle bir kavga ediyorlar ki insan yanındakinin ne dediğini duyamıyor – zaten görünüşe göre belli kuralları yok, belki de var fakat kimse onlara aldırmıyor. Her şeyin canlı olmasının ne kadar kafa karıştırıcı olduğunu bilemezsin; örneğin altından geçmem gereken kemer, sahanın diğer tarafında oradan oraya dolaşıyor – ve az önce Kraliçe'nin kirpisine vurmam gerekiyordu, fakat benimkinin yaklaştığını görünce kaçtı!"

"Peki Kraliçe'yi nasıl buldun?" diye sordu Kedi alçak sesle.

"Pek iyi olduğu söylenemez," dedi Alice, "o kadar –" Sözün tam burasında Kraliçe'nin hemen arkasında kendisini dinlemekte olduğunu fark edince şöyle devam etti, "– güzel bir oyun çıkarıyor ki kazanacağı belli, bu yüzden oynamasa bile olur."

Bunu duyan Kraliçe gülümseyip oradan uzaklaştı.

"Kiminle konuşuyorsun sen?" diye sordu Kral, Alice'in yanına gelerek. Kedi'yi görünce meraklı gözlerle ona baktı.

"Bir arkadaşım – kendisi bir Cheshire kedisidir," dedi Alice, "tanıştırayım."

"Bakışlarından hiç hoşlanmadım," dedi Kral, "fakat isterse elimi öpebilir."

"Kalsın, istemem," dedi Kedi.

"Terbiyesizleşme," dedi Kral, "ve bana da öyle bakmayı kes!" Konuşurken Alice'in arkasına saklanmıştı.

"Bir kedi pekala bir krala bakabilir," dedi Alice. "Bunu bir kitapta okumuştum, fakat hangi kitapta, hatırlayamıyorum."

"Bunu ortadan kaldırmak gerek," dedi Kral kararlı bir ses tonuyla. Tam o sırada yanlarından geçmekte olan Kraliçe'yi durdurarak, "tatlım, şu kediyi ortadan kaldırabilir misin lütfen!" dedi.

Kraliçe, büyük küçük olmasına bakmaksızın her sorunu aynı yöntemle çözerdi. Kralın neyi kastettiğine bile bakmadan, "Kesin kafasını!" dedi.

Kral hevesle, "Gidip celladı kendim getireceğim," dedi ve hızla oradan uzaklaştı.

Uzaklardan Kraliçe'nin öfke dolu haykırışlarını duyan Alice, geri dönüp oyunun nasıl gittiğini görmek istedi. Şimdiye kadar sıralarını kaçırdıkları için üç oyuncuya verilen infaz emrini işitmişti. Oyun o kadar karışmıştı ki, sırasının gelip gelmediğini bilmediğinden olup bitenler iyice canını sıkmıştı. Bunun üzerine kendi kirpisini aramaya koyuldu.

Kirpisinin bir diğer kirpi ile kavgaya tutuşmuş olduğunu gören Alice, bunun atış yapmak için çok iyi bir fırsat olduğunu düşündü. Ya birini ya diğerini vuracaktı. Tek sorun, o sırada sahanın diğer ucuna gidip oradaki ağaca çıkmak için ümitsizce kanat çırpan flamingosuydu.

Alice, flamingosunu yakalayıp geri döndüğünde kavga sona ermiş, kirpiler gözden kaybolmuştu. "Sorun değil," diye düşündü Alice, "nasıl olsa kemerler sahanın ta öbür ucuna gitmişler." Böylece, flamingosu tekrar kaçmasın diye onu sıkıca kolunun altına soktu ve arkadaşıyla biraz daha sohbet etmek için yanına gitti.

Cheshire Kedisi'nin yanına geldiğinde karşılaştığı büyük kalabalık Alice'i şaşırtmıştı. Cellat, Kral ve Kraliçe hararetli bir tartışmaya tutuşmuş, huzurları kaçmış gibi görünen kalabalık da sessizce onları dinliyordu.

Alice ortaya çıkar çıkmaz cellat, Kral ve Kraliçe sorunu çözsün diye ona döndüler. Her üçü de fikirlerini Alice'e anlatmaya çalıştılarsa da, hep bir ağızdan konuştukları için ne dedikleri anlaşılmıyordu.

Celladın fikri şöyleydi; gövdesi olmayan bir kafa kesilemezdi, zaten daha önce böyle bir şey yapmak zorunda kalmamıştı ve bu yaştan sonra da yapmaya niyeti yoktu.

Kral'ın fikri de şöyleydi; kafası olan her şeyin kafası kesilebilirdi ve bu konu hakkında daha fazla saçmalamanın anlamı yoktu.

Kraliçe'nin fikri ise şöyleydi; eğer bir dakika içersinde bir sonuca varılmazsa, oradaki herkesin kafası kesilecekti. (Bu son sözü, herkesin yüzünde ciddi ve endişeli bir ifade belirmesine neden olmuştu.)

Alice'in aklına "Kedi Düşes'e ait. Kendisine sorsanız daha iyi edersiniz," demekten başka bir şey gelmedi.

"O hapiste," dedi Kraliçe cellada, "git ve onu buraya getir." Bunun üzerine cellat bir ok gibi fırladı.

Cellat giderken, Kedi'nin suratı da yavaş yavaş yok olmaya başlamış, cellat Düşes ile geri döndüğünde tamamıyla yok olmuştu. Bunun üzerine Kral ve cellat telaşla her taşın altında Kedi'yi aramaya koyuldu. Kalabalığın geri kalanı da oyuna geri döndü.

BÖLÜM IX

SAHTE KAPLUMBAĞA'NIN ÖYKÜSÜ

"Seni yeniden gördüğüme ne kadar sevindim bilemezsin, eski dostum!" dedi Düşes kollarını sevgiyle Alice'e dolayıp oradan uzaklaşırken.

Alice, Düşes'i iyi gününde bulduğu için çok mutluydu. Mutfakta karşılaştıkları günkü sinirli davranışlarının nedeninin belki de yalnızca biber olduğunu düşündü.

"Düşes olduğumda," dedi kendi kendine (pek de umutla söylememişti bunu), "mutfağımdan içeri biber sokmayacağım. Çorba bibersiz de güzel olur – belki de insanları böylesine öfkeli yapan şey yalnızca biberdir," diye devam etti, yeni bir şey keşfettiği için çok mutluydu, "sirke surat astırıyor, papatya acı kederlendiriyor – ve – ve arpa şekeri gibi şekerli yiyecekler çocukları iyi huylu yapıyor. Keşke büyükler bunu bilse: o zaman şeker konusunda bu kadar cimrilik etmezlerdi –"

Alice bunları düşünürken Düşes'i tamamıyla unutmuştu. Düşes'in hemen yanı başında konuşmasıyla irkildi. "Aklından bir şey geçiyor tatlım, bu yüzden konuşmayı unuttun! Şu anda sana buradan çıkacak dersi anlatırdım, ancak biraz hatırlamam gerek."

"Belki de buradan çıkacak bir ders yoktur," diyecek oldu Alice.

"Cık cık!" dedi Düşes. "Her şeyden bir ders çıkar, o dersi çıkarmayı bileceksin." Konuşurken kendini iyice Alice'e yaklaştırıyordu.

Alice, Düşes'in kendisine bu kadar çok yaklaşmasını istemiyordu. Bir kere Düşes çok çirkindi; sonra çenesini tam Alice'in omzuna dayayacak boydaydı ve çenesi oldukça sivriydi. Yine de Alice kaba olmak istemiyordu, elinden geldiğince bu duruma katlanmaya çalıştı.

"Oyun gittikçe iyi bir hal alıyor," dedi konuşmayı sürdürmek için.

"Evet, öyle," dedi Düşes, "ve buradan çıkaracağımız ders – ah, dünyayı döndüren şey sevgidir, sevgi!"

"Bir başkası da bana bunun herkesin kendi işine bakması olduğunu söylemişti!" dedi Alice.

"O da güzel! Ne de olsa ikisi de aynı anlama geliyor," dedi Düşes, sivri çenesini Alice'in omzuna daha da batırarak. "– buradan çıkaracağımız ders ise – 'Sakla harmanı gelir yararı.'"

Alice, "Her şeyden bir ders çıkarmaya ne kadar da meraklı," diye düşündü.

"Eminim kolumu niçin beline dolamadığımı merak ediyorsundur," dedi Düşes. Bir an duraksadıktan sonra, "bunun nedeni, flamingonun huyunu bilmemem. Bir deney yapabilir miyim?" diye ekledi.

"Isırabilir," diye dikkatle cevap verdi Alice. Düşes'in deney yapmasını pek istemiyordu.

"Çok haklısın," dedi Düşes, "flamingolar ve hardallar ısırır. Ve buradan çıkaracağımız ders – 'Tüylü kuşlar beraber uçarlar.'"

"Ama hardal bir kuş değil ki," dedi Alice.

"Evet, haklısın," dedi Düşes, "Her bir şeyi yerli yerine koyuyorsun!"

"Sanırım bu bir mineral," dedi Alice.

"Elbette öyle," dedi Alice'in her dediğine evet demeye hazır olan Düşes, "yakınlarda bir yerlerde hardal makinesi var. Ve buradan çıkaracağımız ders – 'Ne kadar çok bana, o kadar az sana.'"

"Ah, buldum!" diye haykırdı son cümleyi duymayan Alice. "Hardal bir sebzedir. Sebze gibi görünmese de sebzedir."

"Seninle aynı fikirdeyim," dedi Düşes, "ve buradan çıkaracağımız ders – 'Göründüğün gibi ol' – ya da daha basit bir şekilde söylemek gerekirse, 'Kendini başkalarına göründüğünden ya da görünebileceğinden farklı biri olarak görme ki, başkaları da seni başkalarının gözünde başka biri olmaya çalışan başka biri olarak görmesin.'"

"Sanırım bunu bir kenara yazarsam daha iyi anlarım," dedi Alice kibarca, "siz söylerken pek bir şey anlayamadım."

"Bu asıl söylemek istediğimin yanında hiç kalır," diye karşılık verdi Düşes hoşnutlukla.

"Bundan daha uzun bir şey söylemek için zahmet etmeyin," dedi Alice.

"Ah, zahmetin lafı mı olur," diye karşılık verdi Düşes. "Şimdiye dek söylediğim her şey sana hediyem olsun."

"Ne kadar da ucuz bir hediye," diye düşündü Alice, "neyse ki insanlar doğum günlerinde birbirlerine böyle hediyeler vermiyor!" Ancak Alice bunu sesli bir şekilde söylemeye cesaret edemedi.

"Yine mi düşünüyorsun?" diye sordu Düşes. Her konuşmasında küçük sivri çenesini daha da batırıyordu.

"Düşünmeye hakkım var," diye sertçe karşılık verdi Alice, yavaş yavaş endişelenmeye başlamıştı.

"Tıpkı domuzların uçmaya hakları olduğu gibi," dedi Düşes, "ve buradan çıkaracağımız–"

Fakat bu sırada, Düşes tam en sevdiği sözcük olan "ders" sözcüğünü söylerken sesi kısılmaya, Alice'in koluna doladığı kolu ise titremeye başladı. Alice bu işe çok şaşırmıştı. Başını kaldırınca kollarını birbirine kavuşturmuş, öfkeden kudurmuş gözlerle kendilerine bakmakta olan Kraliçe'yi gördü.

"Ne güzel bir gün, Majesteleri," diye konuşmaya başladı Düşes güçsüz bir sesle.

"Sana iki çift sözüm olacak," diye haykırdı Kraliçe, "Bir dakika içinde ya sen buradan gidersin ya da kafan gider. Seçimini yap!"

Düşes de seçimini yapıp göz açıp kapayıncaya dek ortadan kayboldu.

"Biz oyunumuza bakalım," dedi Kraliçe, Alice'e; Alice tek kelime etmeye cesaret edemiyordu, yine de yavaşça Kraliçe'nin ardından kriket sahasına kadar gitti.

Diğer misafirler Kraliçe'nin yokluğunu fırsat bilip ağaç gölgelerinde dinleniyorlardı; ancak onun geldiğini görür görmez aceleyle oyuna döndüler. Kraliçe, yalnızca bir anlık oyalanmanın bile hepsinin yaşamlarına mal olacağını söyleyip yoluna devam etti.

Oyuncular sahada oyunlarını oynarken, Kraliçe de bir an bile başlarından ayrılmayıp her biriyle kavga ediyor, durmadan "Onun kafasını kesin!" ya da "Şunun kafasını kesin!" diye haykırıyordu. İnfaza mahkum edilen oyuncuları askerler gözetim altında tutuyor, haliyle de kemerler bir bir yok oluyordu. Böylece yarım saat geçmeden sahada kemer filan kalmadı. Kral, Kraliçe ve Alice dışındaki bütün oyuncular için infaz emri çıkmıştı.

Nefes nefese kalmış olan Kraliçe, Alice'in yanına gelip "Sahte Kaplumbağa'yı gördün mü?" diye sordu.

"Hayır," diye karşılık verdi Alice, "Sahte Kaplumbağa'nın kim olduğunu bile bilmiyorum."

"Sahte Kaplumbağa, Sahte Kaplumbağa çorbasının yapıldığı hayvandır," dedi Kraliçe.

"Daha önce böyle bir şeyi ne gördüm ne de işittim," diye cevap verdi Alice.

"Gel o zaman," dedi Kraliçe, "sana öyküsünü anlatsın."

Böylece birlikte yürürlerken, Alice Kral'ın bütün misafirlere alçak bir sesle, "Hepiniz affedildiniz," dediğini duydu. "Bu harika bir şey!" dedi Alice kendi kendine. Kraliçe'nin bu kadar kişiyi ölüme mahkum etmesi karşısında üzülmüştü.

Çok geçmeden güneşin altında uyuklayan bir Griffin'in yanına geldiler (Eğer Griffin'in ne olduğunu bilmiyorsanız resme bakın.) "Kalk ayağa, seni miskin şey!" dedi Kraliçe, "bu genç bayanı al ve Sahte Kaplumbağa'ya götür, onun öyküsünü dinlemek için geldi. Ben geri dönüp emrettiğim gibi kafaların kesilip kesilmediği-

ne bakacağım." Kraliçe bunu dedikten sonra Alice'i Griffin ile yalnız bırakarak oradan uzaklaştı. Alice, bu yaratığın görüntüsünden pek hoşlanmamıştı, yine de zalim Kraliçe'nin arkasından gitmektense bu yaratığın yanında kalmanın daha güvenli olacağını düşündü ve olduğu yerde bekledi.

Griffin, doğrulup gözlerini ovuşturduktan sonra, gözden kaybolana dek Kraliçe'nin arkasından baktı ve kıkırdadı. "Ne komik!" dedi yarı kendine yarı Alice'e.

"Komik olan ne?" diye sordu Alice.

"O tabii ki," diye yanıt verdi Griffin. "Aslında kimsenin kafasını kestiği yok, sadece kestiğini sanıyor. Haydi gel!"

"Burada da herkes 'haydi gel!' diyor," diye düşündü ağır ağır Griffin'in arkasından giden Alice, "ömrümde hiç bu kadar emir almadım ben!"

Griffin ile Alice fazla uzağa gitmeden küçük, çıkıntılı bir kayanın üzerinde tek başına mutsuzca oturmakta olan Sahte Kaplumbağa'yı gördüler. Biraz daha yaklaştıklarında Alice onun yürek parçalayan iç çekişlerini işitti ve bu duruma çok üzüldü. "Derdi ne acaba?" diye sordu Griffin'e. Griffin de, tıpkı az önceki gibi karşılık verdi: "Aslında derdi filan yok, sadece çok dertli olduğunu sanıyor. Haydi gel!"

Böylece Sahte Kaplumbağa'nın yanına geldiler. Sahte Kaplumbağa onlara kocaman yaşlı gözlerle baktı, fakat ağzından tek kelime çıkmadı.

"İşte genç bir bayan," dedi Griffin, "senin öykünü dinlemek istiyor."

"Anlatayım," dedi Griffin derin, boğuk bir sesle. "İkiniz de oturun ve ben bitirene kadar ağzınızı açmayın."

Bunun üzerine Alice ve Griffin oturdu ve bir süre kimseden ses çıkmadı. Alice kendi kendine "Başlamazsa nasıl bitirecek çok merak ediyorum doğrusu," diye düşündü. Yine de sabırla beklemeye devam etti.

Sahte Kaplumbağa en sonunda iç çekerek konuşmaya başladı, "Bir zamanlar ben gerçek bir kaplumbağaydım."

Bu sözleri, ara sıra Griffin'in "Hıck!" gibilerinden çıkardığı seslerle ve Sahte Kaplumbağa'nın bitmek bilmeyen hıçkırıklarıyla bozulan oldukça uzun bir sessizlik izledi. Alice az kalsın ayağa kalkıp "Bu ilginç öykünüzü bizimle paylaştığınız için teşekkür ederim," diyecekti, fakat öykünün devamı olması gerektiğini düşündüğünden ağzını açmadan sessizce oturmaya devam etti.

"Biz küçükken," diye devam etti Sahte Kaplumbağa en sonunda. Ara sıra hıçkırsa da artık daha sakindi, "denizdeki okulumuza giderdik. Öğretmenimiz yaşlı bir Kaplumbağa idi – biz ona Tosbağa derdik –"

"Madem tosbağa değilmiş, o zaman niye ona Tosbağa diyordunuz?" diye sordu Alice.

"Derdik, çünkü bize öyle öğretmişti," diye öfkeyle cevap verdi Sahte Kaplumbağa. "Gerçekten çok aptalmışsın!"

"Böylesine basit bir soru sorduğun için kendinden utanmalısın," diye ekledi Griffin; sonra her ikisi de sessizce oturup her an yerin dibine batmaya hazır olan zavallı Alice'e baktılar. En sonunda Griffin, Sahte Kaplumbağa'ya "Haydi dostum! Akşama kadar böyle duracak mıyız!" diye söylenince Sahte Kaplumbağa sözlerine devam etti:

"Evet, ister inanın ister inanmayın denizdeki okula giderdik –"

"Ben inanmıyorum demedim ki," diye araya girdi Alice.

"Dedin," dedi Sahte Kaplumbağa.

"Tut dilini!" diye söze girdi Griffin, Alice tekrar konuşmaya başlamadan. Böylece Sahte Kaplumbağa sözlerine devam etti.

"Bu okulda en iyi eğitimi alıyorduk, aslına bakarsanız her gün okuldaydık..."

"Ben de her gün okula giderim, bunda öyle övünülecek bir şey yok," dedi Alice.

"Ek dersler yapıyor musunuz?" diye sordu Sahte Kaplumbağa biraz endişeyle.

"Tabii ki," diye yanıt verdi Alice, "Fransızca ve müzik dersleri aldık."

"Ya yıkanma?" diye sordu Sahte Kaplumbağa.

"Tabii ki hayır!" dedi Alice öfkeyle.

"Demek ki senin okulun o kadar da kaliteli bir okul değilmiş," dedi Sahte Kaplumbağa derin bir nefes alarak, "bizim okulumuzun katkı payı makbuzunun altında 'ek ders olarak Fransızca, müzik ve yıkanma' diye yazardı."

"Denizin dibinde olduğunuz için bu dersi pek istememiş olmalısınız," dedi Alice.

"Bu dersi alacak kadar durumum yoktu, bu yüzden yalnızca zorunlu dersleri almıştım."

"Neydi o dersler?" diye sordu Alice.

"Başlangıç olarak Oturma ve Yüzme tabii ki," diye cevap verdi Sahte Kaplumbağa, "sonra aritmetiğin farklı dalları, örneğin Toparlama, Çirkinleştirme, Çağırma ve Böğürme."

Alice, "Çirkinleştirme diye bir şey duymamıştım," deyiverdi, "O nedir?"

Griffin, pençelerini şaşkınlık içinde havaya kaldırdı. "Çirkinleştirme'yi hiç duymadın mı? Güzelleştirme'nin ne olduğunu biliyorsundur herhalde?"

"Evet," diye karşılık verdi Alice. Aslında bilip bilmediğinden pek emin değildi. "Güzelleştirme, bir... bir şeyi güzel bir hale getirmektir."

"O zaman," dedi Griffin, "Çirkinleştirmenin ne olduğunu bilmiyorsan sen aptalsın demektir!"

Alice, bu konu hakkında daha fazla soru soracak cesareti kendinde bulamadı; bunun üzerine Sahte Kaplumbağa'ya dönüp, "Başka hangi dersleri aldınız?" diye sordu.

"Tahin dersimiz vardı," diye cevap verdi Sahte Kaplumbağa ve sonra kanatlarındaki tüylerini tek tek sayarak devam etti: "Antik Çağ ve Modern Dönem Tahini, sonra Denizoğrafya ve Kesim Eğitimi derslerimiz vardı – Kesim Eğitimi öğretmenimiz bir yılanbalığıydı ve haftada bir gelirdi. Bize kesmeyi, yapıştırmayı ve patates oymayı öğretirdi."

"O nasıl oluyor?" diye sordu Alice.

"Şimdi sana bunu gösteremem," diye karşılık verdi Sahte Kaplumbağa, "belim ağrıyor. Griffin de bir türlü öğrenemedi zaten."

"Zamanım olmadı," dedi Griffin, "Yine de Klasik bir öğretmenden ders aldım. Bu öğretmen bir yengeçti, hem de gerçek bir yengeç."

"Ben ondan hiç ders almadım," dedi Sahte Kaplumbağa iç çekerek, "dediklerine göre Sevinci ve Acıyı öğretiyormuş."

"Evet, evet öğretiyordu," diye araya girdi Griffin. Bu sefer iç çekme sırası ona gelmişti. Her ikisi de başlarını pençelerinin arasına koydular.

"Peki bir günde kaç saat ders alıyordunuz?" diye sordu Alice, bu konu bir an önce kapansın istiyordu.

"İlk gün on saat," dedi Sahte Kaplumbağa, sonraki gün dokuz saat, ondan sonraki gün ise –"

"Ne tuhaf bir ders programı!" dedi Alice.

"Bu yüzden onlara ders diyorlar ya," diye karşılık verdi Griffin, "ders saatleri sürekli ters gider."

Alice ilk kez böyle bir şey duyuyordu. Tekrar konuşmadan önce bir süre düşündü. "O zaman on birinci gün de tatil olmalı?" dedi.

"Tabii ki de öyle," dedi Sahte Kaplumbağa.

"Öyleyse on ikinci günde ne yapıyordunuz?"

"Bu kadar derslerden konuşmak yeter," diye araya girdi Griffin kararlı bir ses tonuyla. "Şimdi ona oyunlarımızdan bahset."

BÖLÜM X
ISTAKOZ KADRİLİ

Sahte Kaplumbağa derin bir iç çekti ve yüzgeçlerinin tersiyle gözlerini sildi. Alice'e bakıp konuşmayı denedi, ancak birkaç dakika süreyle hıçkırıktan başka ses çıkmadı. "Sanki boğazına kemik kaçmış gibi," dedi Griffin ve Sahte Kaplumbağa'yı sarsıp sırtına vurmaya başladı. En sonunda Sahte Kaplumbağa'nın sesi geri geldi ve yanağından yaşlar süzülerek konuşmasını sürdürdü:

"Sualtında fazla yaşadığınızı sanmıyorum –" ("Evet, yaşamadım," dedi Alice) – "ve belki bir ıstakoz bile görmediniz –" (Alice, "Ben bir keresinde yemiştim," diyordu ki, dilini tutup "hayır, hiç görmedim," dedi) "bu yüzden Istakoz Kadrili'nin ne kadar eğlenceli bir şey olduğundan haberiniz yoktur!"

"Gerçekten de yok," dedi Alice. "Nasıl bir dans türüdür bu?"

"Şöyle anlatayım," dedi Griffin, "İlk önce deniz kıyısı boyunca bir sıra oluşturuyorsun–"

"İki sıra!" diye haykırdı Sahte Kaplumbağa. "Foklar, kaplumbağalar, som balıkları falan filan; sonra, çevrenizdeki bütün deniz analarını temizledikten sonra–"

"Ki bu genellikle epey bir zaman alır," diye araya girdi Griffin.

" – iki kere ilerlersin –"

"Her seferinde eş olarak bir ıstakoz ile!" diye bağırdı Griffin.

"Tabii ki," dedi Sahte Kaplumbağa, "iki kere ilerliyorsun ve eşinden uzaklaşıyorsun –"

"– ıstakozları değiştirip aynı düzende geri dönüyorsunuz," diye devam etti Griffin.

"Sonrasını biliyorsun," dedi Sahte Kaplumbağa, "ıstakozları –"

"fırlatabildiğiniz kadar uzağa –" dedi Griffin havada sıçrayarak.

"Fırlatıyorsunuz!"

"Ve arkalarından yüzüyorsunuz!" diye çığlık attı Griffin.

"Sonra da denizin üzerinde takla atıyorsunuz!" diye haykırdı Sahte Kaplumbağa deli gibi oraya buraya zıplarken.

"Ve ıstakozları tekrar değiştiriyorsunuz!" diye bağırdı Griffin avazı çıktığı kadar.

"Sonra tekrar karaya dönüyor ve – birinci figür buydu," dedi Sahte Kaplumbağa birden sesini alçaltarak. O ana dek çılgınlar gibi hoplayıp zıplayan iki yaratık yerlerine oturup yeniden konuşmadan, hüzünlü bir şekilde Alice'e baktılar.

"Çok hoş bir dans olmalı," dedi Alice çekingenlikle.

"Birazını görmek ister misin?" diye sordu Sahte Kaplumbağa.

"Hem de nasıl," diye karşılık verdi Alice.

"Haydi gel, ilk figürü deneyelim!" dedi Sahte Kaplumbağa, Griffin'e. "Hareketleri ıstakoz olmadan da yapabiliriz. Hangimiz şarkıyı söyleyecek?"

"Ah, sen söyle," dedi Griffin. "Ben sözlerini unuttum."

Böylece Sahte Kaplumbağa ile Griffin, ciddiyetten ödün vermeden Alice'in çevresinde döne döne dans etmeye başladılar; hatta çok yakınından geçerken ayağına basıyorlardı. Sahte Kaplumbağa ağır ağır, hüzünlü bir şekilde şu şarkıyı söylerken, ön pençelerini sallayarak tempo tutuyorlardı:

"Biraz daha hızlı yürür müsün," dedi mezgit
salyangoza,
"Hemen arkamızda bir yunus var, basıyor
kuyruğuma."
Baksana hevesle ilerleyen ıstakozlarla
kaplumbağalara
Çakıllı kıyıda bekliyorlar, sen de gelip katılmaz
mısın dansa?
Katılır mısın, katılmaz mısın, katılır mısın katılmaz
mısın, dansa katılmaz mısın?
Katılır mısın, katılmaz mısın, katılır mısın katılmaz
mısın, dansa katılmaz mısın?

"Istakozlarla birlikte denize fırlatıldığında
Bilemezsin bu ne kadar gidecek hoşuna!"

Ancak salyangoz "Çok uzak! Çok uzak!" deyip
yan gözle bakmış
Mezgit'e kibarca teşekkür edip dansa katılmaktan
vazgeçmiş.
Katılır mısın, katılmaz mısın, katılır mısın katılmaz
mısın, dansa katılmaz mısın?
Katılır mısın, katılmaz mısın, katılır mısın katılmaz
mısın, dansa katılmaz mısın?

"Ne olmuş uzaksa?" demiş pullu arkadaşı.
"Var karşı tarafta başka bir kıyı.
İngiltere'ye ne kadar uzak Fransa'ya o kadar
yakın,
Rengin atmasın canım salyangozum, benzeri yok
bu dansın."
Katılır mısın, katılmaz mısın, katılır mısın katılmaz
mısın, dansa katılmaz mısın?
Katılır mısın, katılmaz mısın, katılır mısın katılmaz
mısın, dansa katılmaz mısın?

"Teşekkür ederim, izlemesi gerçekten ilginç bir danstı," dedi Alice. En sonunda dansın bittiğine sevinmişti. "Ayrıca mezgitle ilgili olan o tuhaf şarkı da çok hoşuma gitti!"

"Ah, mezgit," dedi Sahte Kaplumbağa, "onları görmüşsündür sanırım?"

"Evet," dedi Alice, "çok gördüm, taba –" Alice, tam 'tabağımda' diyecekti, kendini zor tuttu.

"Taba'nın neresi olduğunu bilmiyorum," dedi Sahte Kaplumbağa, "fakat madem onları bu kadar çok görmüşsün, neye benzediklerini de bilirsin elbet?"

"Sanırım biliyorum," dedi Alice düşünceli düşünceli, "kuyrukları ağızlarında oluyor ve üzerlerinde bolca un oluyor."

"Un konusunda yanılıyorsun," dedi Sahte Kaplumbağa, "deniz unları alıp götürür. Ancak kuyruklarının ağızlarında olması konusunda haklısın. Bunun nedeni de –" tam bu sırada Sahte Kaplumbağa esneyip gözlerini kapattı. "Bunun nedenini de ona sen anlat," dedi Griffin'e.

"Bunun nedeni," diye söze başladı Griffin, "ıstakozlarla dans etmeleridir. Dans sırasında denize fırlatıldıklarında uzun bir yol kat ederler. Bu yüzden kuyruklarını ağızlarına sokarlar ve bir daha çıkaramazlar. İşte hepsi bu."

"Teşekkür ederim," dedi Alice, "gerçekten çok ilginç. Daha önce mezgitler hakkında bu kadar çok şey bilmiyordum."

"Eğer istersen bundan fazlasını da anlatabilirim," dedi Griffin. "Mezgitlere neden mezgit derler, bilir misin?"

"Bunu hiç düşünmemiştim," diye karşılık verdi Alice, "Neden?"

"Çünkü mezgitlerle ayakkabılar boyanır," dedi Griffin ciddiyetle.

Alice'in kafası karışmış gibiydi. "Ayakkabılar mı boyanır?" diye soruyu tekrarladı hayret içinde.

"Ne sandın, senin ayakkabıların ne ile boyanıyor? Yani, onları böylesine parlak yapan ne?"

Alice kafasını eğip ayakkabılarına baktı ve yanıt vermeden önce biraz düşündü. "Sanırım ayakkabı boyası," dedi.

"Denizin altında ayakkabılar," diye boğuk bir sesle konuştu Griffin, "mezgit ile boyanır. İşte şimdi öğrendin."

"Peki bunu nasıl yapıyorlar?" diye sordu Alice merakla.

"Nasıl yapacaklar, dilbalığı ve yılanbalıklarının topuklarıyla elbette," diye karşılık verdi Griffin sabırsızca, "karidesin sana bunları anlatmış olması gerekirdi."

"Eğer bir mezgit olsaydım," dedi aklı hâlâ şarkıda olan Alice, "yunusa 'Biraz uzak durur musunuz lütfen! Peşimizden gelmenizi istemiyoruz!' derdim."

"Ancak yunusla gezmek zorundaydılar," dedi Su Kaplumbağası. "Aklı başında olan hiçbir balık yanlarında yunus balığı olmadan hiçbir yere gitmez."

"Gerçekten gitmezler mi?" diye sordu Alice şaşkınlıkla.

"Tabii ki gitmezler," diye karşılık verdi Sahte Kaplumbağa. "Bana bir balık gelip de yolculuğa çıkacağını söylese, ona 'Tunus'a mı?' diye sorardım.

"'Yunusla mı' demek istediniz?" dedi Alice.

"Ne demek istediğimi söyledim," dedi Sahte Kaplumbağa gücenmiş bir tonda. Bunun üzerine Griffin, "Haydi, şimdi de senin maceralarını dinleyelim," dedi.

"Size bu sabahtan beri başıma gelenleri anlatacağım," dedi Alice oldukça çekingen bir sesle; "dünü anlatmamın bir yararı olacağını sanmıyorum, çünkü dün başka biriydim."

"Her şeyi anlat," dedi Sahte Kaplumbağa.

"Hayır, hayır, önce maceralar," dedi Griffin sabırsızca, "her şeyi anlatmak çok zaman alır."

Böylece Alice ilk kez Beyaz Tavşan'ı gördüğü andan beri başına gelenleri anlattı. Anlatmaya başladığında biraz gergindi, çünkü o anlatırken iki yaratık da her iki yandan ona yapışmış, kocaman gözlerle ve bir karış açık ağızları ile kendisini dinliyordu. Fakat Alice anlattıkça cesaretini geri kazandı. Tırtıl'a sözlerini karıştırarak okuduğu "Yaşlandın, William Baba," şarkısına gelene dek dinleyicileri çıtlarını çıkarmamışlardı. Bu sırada Sahte Kaplumbağa derin bir nefes alıp, "Bu çok tuhaf!" dedi.

"Daha tuhaf olamazdı," dedi Griffin.

"Sözcükleri karıştırdın demek!" diye tekrarladı Sahte Kaplumbağa düşünceli düşünceli. "Şimdi başka bir şeyi okuduğunu duymak isterim. Ona başlamasını söyle," dedi ve Griffin'e baktı. Alice üzerinde söz sahibi biri olduğunu düşünüyor gibiydi.

"Kalk ayağa ve 'Bu miskinin sesi,' şarkısını söyle," dedi Griffin.

"Bu yaratıklar birbirlerine emir verip ders tekrarlatıyorlar!" diye düşündü Alice. "Okulda olsaydım daha iyiydi." Yine de yerinden kalkarak şarkıyı okumaya başladı. Ancak aklında Istakoz Kadrili'nden başka bir şey olmadığından ağzından çıkanın pek farkında değildi, bu yüzden sözcükler çok tuhaf çıktı:

"Istakozun sesiydi bu, aynen şöyle dedi:
'Şekerlemem gerek saçımı, çünkü çok pişirdiniz beni.'

Ördek gibi gözkapaklarıyla ve burnuyla
Düzeltir kemerini düğmelerini, masaj yapar ayak parmaklarına.
Neşelidir bir tarlakuşu kadar kumlar kuruduğunda,
Konuşur köpekbalığıyla küçümseyen bir tonda:
Fakat, gelgit olup da çıkınca köpekbalıkları ortaya
Titrekleşir sesi, ürperir korkuyla."

"Çocukken söylediğimden oldukça farklı," dedi Griffin.

"Ben de daha önce hiç duymamıştım," dedi Sahte Kaplumbağa; "ancak olağanüstü bir saçmalık olduğu kesin."

Alice hiçbir şey söylemedi; oturup başını ellerinin arasına aldı ve acaba artık hiçbir şey eskisi gibi olmayacak mı diye düşünmeye başladı.

"Bu şiiri açıklamanı isterdim," dedi Sahte Kaplumbağa.

"Açıklayamaz ki," dedi Griffin hemen. "Diğer kıtaya geçsin."

"Peki ayak parmakları ne alaka?" diye ısrar etti Sahte Kaplumbağa, "kim burnuyla ayak parmaklarına masaj yapabilir?"

"Danstaki ilk hareket budur," dedi Alice, fakat olan bitenler iyice aklını karıştırmıştı, konuyu değiştirmek için can atıyordu.

"Diğer kıtaya geç," diye tekrarladı Griffin; 'Bahçesinin yanından geçerken' diye başlıyor."

Alice, yine tamamen farklı bir şey okuyacağını bilse de

karşı çıkmaya cesaret edemedi. Bu yüzden titrek bir sesle başladı:

"Bahçesinin yanından geçerken çıkardım
gözlüğümü,
Gördüm baykuşla panterin bir böreği
bölüştüğünü.
Panter yedi böreğin kabuğunu, sosunu, etini,
Baykuşun payına kaldı böreğin ismi.
Börek bittiğinde baykuş aldı kaşığı nimet diye,
Panter de cebine indirdi çatalla bıçağı öfkeyle.
Böylece bitti ziyafet –"

"Bütün bunları tekrarlamanın ne yararı var?" diye şarkıyı böldü Sahte Kaplumbağa, "madem bitirdikten sonra açıklayamıyorsun? Şimdiye dek duyduğum en kafa karıştırıcı şey!"

"Evet, bence de susmalısın," dedi Griffin ve Alice bunun bir son bulmasına çok sevindi.

"Istakoz Kadrili'nin farklı bir figürünü denesek mi?" diye devam etti Griffin. "Ya da Sahte Kaplumbağa sana başka bir şarkı mı söylesin?"

"Ah, bir şarkı olsun lütfen, tabii eğer Sahte Kaplumbağa da istiyorsa," atıldı Alice istekle, öyle ki bu tutumu Griffin'in ağırına gitti ve "Hımm! Gerçek zevklerden anlamıyor! Ona 'Kaplumbağa Çorbası'nı söyle eski dostum," dedi Sahte Kaplumbağa'ya.

Sahte Kaplumbağa derin bir iç çekerek hıçkırıklarla bölünen bir sesle şu şarkıyı söylemeye koyuldu:

"Güzel çorba, bol malzemeli ve yemyeşil,
Dumanı tütüyor kasede beklerken,
Kim eğilmez ki böyle bir lezzetin önünde?
Akşam çorbası, güzel çorba!
Akşam çorbası, güzel çorba!
Güü – zeel Çoor – baa! Hık!
Güü – zeel Çoor – baa! Hık!
Aak – şaam Çoor – basıı,
Güzel, güzel çorba!

Güzel Çorba! Kimin umurunda
Balık, tavuk ya da başka bir yemek?
Her şeye değer bu güzel çorba,
Değer her şeye bu güzel çorba!
Güü – zeel Çoor – baa! Hık!
Güü – zeel Çoor – baa! Hık!
Aak – şaam Çoor – basıı,
Güzel, güzel ÇORBA!

"Tekrar nakarat!" diye bağırdı Griffin ve tam Sahte Kaplumbağa şarkıyı tekrar söyleyecekti ki, uzaklardan gelen "Duruşma başlıyor!" diye bir çığlık işittiler.

"Haydi!" diye haykırdı Griffin ve şarkının sonunu beklemeden Alice'in elini tuttuğu gibi uzaklaştı.

"Ne duruşması bu?" diye sordu Alice soluk soluğa

koşarken, ancak Griffin yalnızca "Haydi!" demekle yetindi ve daha da hızlandı. Bu sırada esmekte olan meltem, kulaklarına gittikçe zayıflayan şu melankolik sözcükleri taşıyordu:

"Aak – şaam Çoor – basıı,
Güzel, güzel çorba!"

BÖLÜM XI

BÖREKLERİ KİM ÇALDI?

Sesin geldiği yere vardıklarında, Kupa Kralı ve Kraliçesi'ni tahtlarında otururken buldular. Çevrelerine, aralarında her türden kuşların, hayvanların ve hatta kartların olduğu büyük bir kalabalık toplanmıştı. En önde, her iki yanında ona korumalık yapan askerler olan zincire vurulmuş Kupa Valesi vardı. Kral'ın yanında ise bir elinde trampet, diğerinde parşömen rulosu tutan Beyaz Tavşan vardı. Avlunun tam ortasında, üzerinde, bir tepsi dolusu börek dilimleri olan bir masa vardı: Öylesine güzel görünüyordu ki, bakması bile Alice'i acıktırmıştı – "Umarım bir an önce duruşmayı bitirirler de börekleri dağıtırlar," diye düşündü. Ancak görünüşe göre böyle bir şey olanaksızdı; bu yüzden zaman öldürmek için etrafında olup bitenleri izledi.

Alice daha önce hiçbir mahkemede bulunmamıştı, ancak kitaplardan mahkemeler hakkında bir şeyler öğrenmişti. Oradaki pek çok şeyin adını bildiğini fark edince çok mutlu oldu. "Şuradaki yargıç," dedi kendi kendine, "çünkü görkemli bir peruğu var."

Yargıç aynı zamanda Kral'dı ve tacını peruğunun üzerine giymişti. Pek rahat görünmüyordu, üstelik şık olduğu da söylenemezdi.

"Ve bu da 'jüri locası' diye düşündü Alice; "ve şuradaki on iki yaratık da," ('yaratık' demek zorunda kalmıştı, çünkü bunların bazıları hayvan, bazıları ise kuştu) "jüri olsa gerek." Alice, bu son dediğini gururla iki üç kere tekrarladı, çünkü onun yaşındaki pek az kız çocuğu bunun anlamını bilirdi, bu konuda haklıydı da. Gerçi "jüri üyeleri" dese de doğru olurdu.

On iki jüri üyesi tahta levhaların üzerine bir şeyler yazmakla meşguldü. "Ne yapıyorlar?" diye fısıldadı Alice, Griffin'e. "Duruşma başlamadan bir şey yazamazlar ki."

"Adlarını kaydediyorlar," diye fısıldadı Griffin yanıt olarak, "çünkü duruşma bitmeden adlarını unutmaktan korkuyorlar."

"Aptal şeyler!" diye bağırdı Alice öfkeyle, ancak Beyaz Tavşan, "Mahkeme salonunda sessizlik!" diye bağırınca ve Kral gözlüklerini takıp kimin konuştuğunu görmek için öfkeyle çevresine bakınınca susmak zorunda kaldı.

Alice, omuzlarının üzerinden bakınca, jüri üyelerinin levhaların üzerine "Aptal şeyler!" yazdıklarını gördü. Hatta içlerinden birinin "aptal" yazmayı bile bilmediğine ve yanındakinden yardım istediğine tanık oldu. "Duruşma bitmeden levhaları karamalarla dolacak," diye düşündü Alice.

Jüri üyelerinden birinin kalemi gıcırdıyordu. Hayır, Alice buna asla katlanamazdı. Bu yüzden avlunun etrafını dolaşıp kalemi gıcırdayan jürinin arkasına geldi. Çok geçmeden de kalemi alacak fırsatı yakaladı. Bunu o kadar çabuk yapmıştı ki, zavallı küçük jüri üyesi (bu, kertenkele Bill'di), kalemine ne olduğunu anlamadı bile; kısa bir süre arandıktan sonra gün boyunca tek parmağı ile yazmak zorunda kaldı; bunun bir yararı olmadı, çünkü gün sonunda levhasının üzerinde hiçbir şey kalmamıştı.

"Haberci, suçlamayı oku!" diye emretti Kral.

Bunun üzerine Beyaz Tavşan trampetini üç kez öttürdükten sonra elindeki parşömeni açtı ve okumaya başladı:

"Kupa Kraliçesi börek yaptı,
Bütün bir yaz günü,
Böreklere sessizce yaklaşan Kupa Bacağı
Koca tepsiyi yürüttü!"

"Kararınız nedir?" dedi Kral, jüriye.

"Daha değil, daha değil," diye araya girdi Beyaz Tavşan hemen. "Ondan önce yapılması gerekenler var."

"İlk görgü tanığını çağır," dedi Kral. Bunun üzerine Beyaz Tavşan üç kere trampetini öttürdü ve "İlk tanık!" diye seslendi.

İlk görgü tanığı, Şapkacı'ydı. Bir elinde çay fincanı, diğer elinde yağlı ekmek olduğu halde ortaya çıktı. "Affedersiniz majesteleri," diye başladı söze, "bunlarla gelmemem gerekirdi, ancak çağrıldığımda henüz çayımı bitirmemiştim."

"Bitirmen gerekiyordu," dedi Kral. "Ne zaman başlamıştın ki?"

Şapkacı, mahkemeye Fındıkfaresi ile kol kola gelen

Mart Tavşanı'na baktı. "Martın on dördünde, sanırım," dedi.

"On beşi," dedi Mart Tavşanı.

"On altısı," dedi Fındıkfaresi.

"Bunları yazın," dedi Kral jüriye ve jüri üyeleri hevesle üç tarihi de levhalarına kaydettiler. Sonra bunları toplayıp yanıtı lira ve kuruşa göre buldular.

"Şapkanı çıkar," dedi Kral, Şapkacı'ya.

"O benim değil," diye karşılık verdi Şapkacı.

"Çalmış!" diye haykırdı Kral, bu olayı hemen kaleme alan jüriye dönerek.

"Ben şapkaları satarım," diye ekledi Şapkacı. "Benim kendime ait bir şapkam yok. Ben Şapkacı'yım."

Bu sırada Kraliçe gözlüklerini takıp dikkatle Şapkacı'yı süzmeye başladı. Şapkacı'nın rengi atmış, huzuru kaçmıştı.

"Anlat bildiklerini," dedi Kral, "ve paniğe kapılma, yoksa kafanı uçurturum."

Bu sözler tanığın üzerinde pek bir etki bırakmışa benzemiyordu. Huzursuz gözlerle Kraliçe'ye bakarken bir o ayağını bir bu ayağını kaldırıp durdu. Kafası karmakarışık olduğundan yağlı ekmeği yerine çay fincanından kocaman bir parça ısırdı.

Tam bu sırada Alice kendisini çok tuhaf hissetti ve bunun nedenini bulmak için epeyce bir kafa yordu. Yeniden büyümeye başlıyordu, hemen kalkıp mahkemeyi terk etmeyi düşündü, ancak tekrar düşününce, odada kendisine yer kalmayana dek olduğu yerden kımıldamamaya karar verdi.

"Sıkıştırıp durmasana," dedi yanında oturan Fındıkfaresi, "zaten zor nefes alıyorum!"

"Elimde değil," diye karşılık verdi Alice usulca, "büyüyorum."

"Burada büyümeye hakkın yok," dedi Fındıkfaresi.

"Saçma saçma konuşma," dedi Alice cesaretle, "unutma ki sen de büyüyorsun."

"Evet ama ben makul bir hızda büyüyorum," dedi Fındıkfaresi, "senin gibi dağları devirmiyorum." Böyle deyip somurtarak mahkemenin karşı tarafına geçti.

Bütün bunlar olurken Kraliçe gözlerini bir an olsun Şapkacı'nın üzerinden ayırmamıştı. Fındıkfaresi karşı tarafına geçerken, mahkeme görevlilerinden birine, "Bana son konserde şarkı söyleyen bütün şarkıcıların listesini getir," dedi. Bu emir üzerine Şapkacı öyle bir titredi ki ayakkabıları ayaklarından fırladı.

"Anlat bildiklerini," diye tekrarladı Kral öfkeyle, "yoksa heyecanlı olsan da olmasan da kafanı kestiririm."

"Ben yoksul bir insanım majesteleri," diye söze başladı Şapkacı sesi titreyerek, "çayıma başlayalı bir hafta anca olmuştu – hem zaten ekmeğimle yağım da azaldı – işe çaydanlığa çay koymakla başlamıştım ki –"

"Çaydanlığa ne koymuştun ne?" diye sordu Kral.

"Çaydanlık diyorum, çay ile başlamıştım," dedi Şapkacı.

"Çaydanlık tabii ki çay ile başlar!" diye haykırdı Kral. "Beni ahmak mı sandın? Devam et!"

"Ben zavallı bir adamım," dedi Şapkacı, "birçok şey Mart Tavşanı'nın başının altından çıktı."

"Ben ağzımı bile açmadım!" diye araya girdi Mart Tavşanı telaşla.

"Açtın!" dedi Şapkacı.

"İtiraz ediyorum!" dedi Mart Tavşanı.

"İtiraz ediyor," dedi Kral, "o bölümü atla."

"Her neyse, Fındıkfaresi demişti ki –" diye devam etti Şapkacı, bir yandan da Fındıkfaresi de itiraz edecek mi diye yan gözle onu süzmekteydi. Ancak Fındıkfaresi hiçbir şeye itiraz etmedi, çünkü derin bir uykuya dalmıştı.

"Ondan sonra," dedi Şapkacı, "biraz daha yağlı ekmek hazırladım –"

"İyi de, Fındıkfaresi ne demişti?" diye sordu jüri üyelerinden biri.

"Hatırlayamıyorum," dedi Şapkacı.

"Hatırlamalısın," dedi Kral, "yoksa kafanı uçururum."

Bunun üzerine zavallı Şapkacı elindeki çay fincanını ve tereyağlı ekmeğini yere düşürdü ve dizlerinin üzerine çöktü. "Ben zavallı bir adamım, majesteleri," diye başladı söze.

"Sen konuşmaktan aciz bir zavallısın," dedi Kral.

Kral'ın bu sözleri üzerine kobaylardan biri kıkırdamaya başladı ve hemen yetkililer tarafından susturuldu (Bu, karmaşık bir işlem olduğu için bunu nasıl yaptıklarını size anlatacağım: Kobayı, önce kafası girecek şekilde ellerindeki yelken bezinden yapılma çuvala tıkıp çuvalın ağzındaki sicimi büzdüler ve üstüne oturdular).

"Bunun nasıl yapıldığını görmem iyi oldu," diye düşündü Alice. "Gazetelerde, mahkemelerin sonunda 'Mahkemede alkış girişiminde bulunanlar görevlilerce hemen susturuldu,' diye pek çok haber okumuştum, ancak bunun ne anlama geldiğini hiç anlayamamıştım."

"Bütün bildiklerin bunlarsa aşağı inebilirsin," dedi Kral.

"Daha aşağı inemem," dedi Şapkacı, "gördüğünüz gibi yerdeyim."

"O zaman otur," diye emretti Kral.

Bunun üzerine bir başka kobay kıkırdadı ve hemen susturuldu.

"Bu gidişle kobay kalmayacak," diye düşündü Alice, "şimdi işler yoluna girer artık."

"Bari çayımı bitirseydim," dedi Şapkacı o sırada şarkıcıların listesine göz gezdirmekte olan Kraliçe'ye tedirgin bir bakış fırlatarak.

Kral, "Gidebilirsin," deyince Şapkacı ayakkabılarını bile giymeden hızla mahkemeyi terk etti.

"– dışarıda kafasını uçurun," diye ekledi Kraliçe muhafızlara, ancak muhafız kapıya gidene dek Şapkacı gözden kaybolmuştu bile.

"Sıradaki tanığı çağırın!" dedi Kral.

Sıradaki tanık, Düşes'in aşçısıydı. Elinde biber kutusunu taşıyordu. Alice, kapının yanında aksırmaya başlayanlardan bu gelen tanığın kim olduğunu daha o içeri girmeden tahmin etmişti.

"Anlat bildiklerini," dedi Kral.

"Anlatamam," diye karşılık verdi aşçı.

Kral kaygıyla Beyaz Tavşan'a baktı. Beyaz Tavşan, alçak sesle "Majesteleri bu tanığı kendileri sorguya çekmeli," dedi.

"Tabii, sorgulamam gerekiyorsa sorgularım," dedi Kral üzüntüyle. Bunun üzerine kollarını kavuşturdu ve gözleri yok olana kadar kaşlarını çatarak aşçıya, "Börek ne ile yapılır?" diye sordu.

"Genelde biberle," diye karşılık verdi aşçı.

"Şeker pekmezi ile," dedi arkalardan uykulu bir ses.

"Yakalayın şu Fındıkfaresi'ni," diye haykırdı Kraliçe. "O Fındıkfaresi'nin kafasını uçurun! O Fındıkfaresi'ni mahkemeden dışarı atın! Susturun! Çimdikleyin! Bıyıklarını koparın!"

Bunun üzerine mahkemedeki herkes Fındıkfaresi'ni yakalamak için peşine düştü. Herkes tekrar yerlerine döndüğünde aşçı ortadan yok olmuştu.

"Boş verin," dedi Kral rahat bir nefes alarak. "Sıradaki tanığı çağırın." Sonra Kraliçe'ye dönüp alçak sesle, "hayatım, bu tanığı da sen sorgula, başım ağrımaya başladı," dedi.

Alice sıradaki tanığın kim olduğunu merak ettiğinden, listede tanığın adını arayan Beyaz Tavşan'ı izliyordu. "– henüz doğru dürüst bir kanıta ulaşamadılar," diye düşünüyordu. Beyaz Tavşan avazı çıktığı kadar "Alice!" diye bağırdığında ne kadar şaşırdı, varın siz düşünün.

BÖLÜM XII

ALICE'İN TANIKLIĞI

"Burada!" diye bağırdı Alice. Onca karmaşanın arasında son birkaç dakikadır ne kadar büyümüş olduğu tamamen aklından çıkmıştı. Adının söylenmesi ile yerinden öyle bir fırladı ki, eteğinin kenarı jüri masasını devirdi ve bütün jüri üyeleri kalabalığın üstüne saçıldı. Bu sahne, Alice'e bir hafta önce içinde kırmızı balıkların olduğu akvaryumu devirdiği anı anımsatmıştı.

"Ah, çok özür dilerim!" dedi dehşet dolu bir sesle ve elinden geldiğince hızlı bir biçimde yere düşenleri toplamaya başladı; çünkü aklında hâlâ kırmızı balık kazası olduğundan, yere düşenleri bir an önce toplayıp tekrar jüri locasına koymazsa hepsi ölecekmiş gibi geliyordu ona.

"Bütün jüri üyeleri yerlerini almadan önce," dedi Kral ciddi bir ses tonuyla, "duruşma devam edemez." Bunu, Alice'e bakarak vurgulu bir tonda söylemişti.

Alice jüri locasına baktı ve o aceleyle Kertenkele'yi baş aşağı koymuş olduğunu fark etti. Zavallı küçük hayvan hiçbir yerini oynatamadığı için umutsuzca kuyruğunu sallayıp duruyordu. Bunun üzerine Kertenkele'yi alıp bu sefer düzgün bir biçimde oturttu ve "Pek önemi yoktu aslında," dedi kendi kendine, "mahkemede diğerleri gibi düzgün durmasının iyi olacağını sanıyorum."

Jüri üyeleri, baş aşağı yere düşmelerinin getirdiği şaşkınlıktan kurtulur kurtulmaz ve tahtalarıyla kalemleri bulunup kendilerine teslim edilir edilmez, Kertenkele dışında hepsi büyük bir özenle kaza anını kaydetmeye başladılar. Zavallı Kertenkele olan bitenden oldukça etkilenmiş, ağzı bir karış halde tavana bakıyordu.

"Bu dava hakkında neler biliyorsun?" dedi Kral Alice'e.

"Hiç," diye karşılık verdi Alice.

"Hiç mi bir şey?" diye tekrarladı Kral.

"Hiçbir şey," dedi Alice.

"Bu çok önemli," dedi Kral jüriye dönerek.

Jüri üyeleri, tam kralın dediklerini tahtaya yazacakken Beyaz Tavşan araya girdi: "Majesteleri tabii ki de önemsiz demek istiyorlar," dedi saygılı bir tonda, aynı zamanda kaşlarını çatıp Kral'ın arkasından burnunu kıvırıyordu.

"Tabii ki de önemsiz demek istiyorum," dedi Kral hemen ve kendi kendine kısık bir sesle devam etti, "önemli – önemsiz – önemli – önemsiz –", sanki hangisinin kulağa daha güzel geldiğini anlamaya çalışıyordu.

Jüri üyelerinin bazıları önlerindeki tahtaya "önemli", bazıları "önemsiz" yazdı. Alice başını eğdiğinde bunları görebiliyordu, "ne fark eder ki?" diye düşündü kendi kendine.

Tam bu sırada son birkaç dakikadır defterine bir şeyler not almakla meşgul olan Kral, "Sessizlik!" diye haykırdı ve defterindekileri okumaya başladı. "Madde kırk iki: Boyu bir mili aşan herkes mahkemeyi terk etmek zorundadır."

Herkes Alice'e baktı.

"Benim boyum bir mil değil," dedi Alice.

"Evet, öyle," dedi Kral.

"Neredeyse iki mil uzunluğunda," diye ekledi Kraliçe.

"Her ne olursa olsun gidemem," dedi Alice; "ayrıca bu ne biçim bir kural böyle, onu şimdi uydurdunuz."

"Bu, kitaptaki en eski kuraldır," dedi Kral.

"O zaman birinci madde olması gerekmez miydi?" dedi Alice.

Bunun üzerine Kral'ın rengi soldu ve aceleyle defterini kapattı. "Kararınız nedir?" diye sordu jüri üyelerine alçak ve titrek bir sesle.

"Daha araştırılacak deliller var majesteleri," dedi Beyaz Tavşan aceleyle araya girerek, "bu kağıt az önce yerde bulunmuş."

"Ne var içinde?" diye sordu Kraliçe.

"Daha açmadım," dedi Beyaz Tavşan, "ancak görünüşe göre bir mektup, mahkumun şeye, birisine yazdığı bir mektup olmalı."

"Eğer hiç kimseye yazılmamışsa mutlaka birine yazılmıştır," dedi Kral, "gerçi bu da pek olağan bir şey değildir."

"Peki kime gönderilmiş?" diye sordu jüri üyelerinin bir tanesi.

"Bir yere gönderilmemiş," dedi Beyaz Tavşan, "aslında dışında herhangi bir yazı yok." Konuşurken kağıdı açtı ve "Zaten bir mektup da değilmiş, içinde bir şiir var," dedi.

"Mahkumun el yazısıyla mı yazılmış?" diye sordu bir diğer jüri üyesi.

"Hayır," dedi Beyaz Tavşan, "işin tuhafı da bu zaten." (Bütün jüri üyeleri şaşırmış görünüyordu.)

"Başka birinin el yazısını taklit etmiş olmalı," dedi Kral. (Jüri üyeleri tekrar eski hallerine döndüler.)

"Lütfen majesteleri," dedi Kupa Valesi, "onu ben yazmadım, bunu kanıtlayamazlar, şiirin sonunda imza da yok."

"Eğer şiiri imzalamadıysan," dedi Kral, "bu işleri daha da karıştırır. Belli ki kötü bir amacın vardı, yoksa her dürüst insan gibi sen de imzanı atardın."

Bu sözler üzerine büyük bir alkış koptu. En sonunda Kral mantıklı bir laf etmişti.

"Bu da onun suçluluğunu kanıtlıyor," dedi Kraliçe, "o zaman kafasını –"

"Bu hiçbir şeyi kanıtlamaz," dedi Alice. "Daha şiirde ne yazdığını bile bilmiyorsunuz!"

"Şiiri okuyun!" diye emretti Kral.

Beyaz Tavşan büyük bir ciddiyetle gözlüklerini taktı. "Nereden başlayayım, Majesteleri?" diye sordu.

"Baştan başla," dedi Kral aynı ciddiyetle, "ve şiiri sonuna dek oku, bitince de dur."

Beyaz Tavşan şu dizeleri okurken mahkemede derin bir sessizlik vardı:

"O kıza gitmişsin dediler bana,
Ve bir adama benden bahsetmişsin
Kız güzel şeyler demiş hakkımda
Fakat yüzmeyi bilmezmişim.

Adam söylemiş oraya gitmediğimi,
(Söz söylenmez bunun doğruluğuna);
Kız kurcalarsa olan biteni,
Neler gelir senin başına?
Ona bir verdim, adama iki verdiler,
Sen verdin bize üç ve fazlasını.
Hepsi ona sırtlarını dönüp sana geldiler,
Fakat onlar eskiden bana bağlıydı.

Olur ya, bir gün belki
Onunla ben karışırsak bu işe,
Sana güveniyor tıpkı bizim gibi
Onları kavuşturman için özgürlüğe.

Benim düşünceme göre,
(Delirmeden önce kız)
Onlarla bizim aramızda
Tek engel sendin, seni arsız.

Ona sakın söyleme kızın onları sevdiğini
Bu aramızda bir sır olarak kalmalı,
Hiç kimse bilmemeli bizim bildiğimizi
Bütün bunlar gözlerden uzak olmalı."

"Bu şimdiye kadar duyduğumuz en önemli kanıt," dedi Kral ellerini ovuşturarak, "bu yüzden artık jüriye –"

"Eğer içlerinden biri bu şiiri açıklayabilirse," dedi Alice (son birkaç dakikada o kadar çok büyümüştü ki, Kral'ın sözünü kesmekten en ufak bir korku duymuyordu), "ona altı peni vereceğim. Bu şiirde en ufak bir anlam olduğunu sanmıyorum."

Bütün jüri, önlerindeki levhalara "Şiirde en ufak bir anlam olduğunu sanmıyor," diye yazdı, ancak hiçbiri şiiri açıklamaya kalkışmadı.

"Eğer bir anlamı yoksa," dedi Kral, "üstümüzden büyük bir yük kalkmış demektir, çünkü o zaman bir anlam aramamıza gerek kalmaz. Aslında –" kağıdı dizlerinin üzerine yayıp tek gözüyle okuyarak, "aslında yine de ben bu şiirde bir anlam görebiliyorum: 'Fakat yüzmeyi bilmezmişim' yüzme bilmiyorsun, öyle değil mi?" diye ekledi Kupa Valesi'ne dönerek.

Kupa Valesi kederle başını salladı. "Öyle mi gözüküyorum?" diye sordu. (Bir karttan yapıldığı için hiç de öyle gözükmüyordu aslında).

"Buraya kadar sorun yok," dedi Kral ve mırıldanarak dizeleri okumaya devam etti. " 'Söz söylenmez bunun doğruluğuna,' bunu jüri için söylemişti tabii, 'Kız kurcalarsa olan biteni,' bu da Kraliçe için olmalıydı, 'Neler gelir senin başına?' sahi, ne gelirdi? 'Ona bir verdim, adama iki verdiler,' demek ki börekleri birer ikişer dağıtmış –"

"Fakat şiir 'Hepsi ona sırtlarını dönüp sana geldiler,' diye devam ediyor," dedi Alice.

"Zaten buradalar," dedi Kral sevinçle masanın üzerindeki börekleri göstererek. "Hiçbir şey bundan daha açık olamaz. Hem sonra 'Delirmeden önce kız', sen hiç delirmedin, değil mi hayatım?" diye sordu Kraliçe'ye dönerek.

"Asla!" dedi Kraliçe öfkeyle. Konuşurken Kertenkele'ye bir mürekkep hokkası fırlattı (Zavallı küçük Bill bir iz bırakmadığını görünce tek parmağıyla levhasına yazı yazmaktan vazgeçip kuruyana dek yüzünden akan mürekkebi kullandı).

"O zaman bu şiir senin için yazılmamış," dedi Kral yüzünde bir gülümseme ile mahkemedekileri süzerken. Mahkemede derin bir sessizlik vardı.

"Bu bir söz oyunu!" diye ekledi Kral öfkeli bir tonla ve herkes güldü. Sonra, belki o gün yirminci kez "Jürinin kararı nedir?" diye sordu.

"Hayır, hayır!" dedi Kraliçe. "İlk önce hüküm, sonra karar."

"Ne biçim iş bu!" dedi Alice yüksek sesle. "İlk önce hüküm verilir mi?"

"Sözlerine dikkat et!" dedi öfkeden kızarmaya başlayan Kraliçe.

"Etmeyeceğim işte!" diye karşı çıktı Alice.

"Uçurun şunun kafasını!" diye haykırdı Kraliçe avazı çıktığı kadar. Ancak kimse kıpırdamadı.

"Kim dinler ki senin sözünü?" dedi Alice (Bu sırada kendi boyuna ulaşmıştı.) "Bir kart destesinden başka bir şey değilsiniz!"

Bunun üzerine bütün kartlar havaya uçuşup üzerine gelmeye başladılar; Alice biraz korktuğundan, biraz öfkesinden küçük bir çığlık attı ve kartları savurmaya çalışırken kendisini başı ablasının dizinde ırmağın kenarında yatarken buldu. Ablası yüzüne düşen sararmış yaprakları hafifçe süpürüyordu.

"Uyan tatlım, Alice uyan!" diyordu ablası. "Bu ne uykusu böyle!"

"Ah, çok tuhaf bir düş gördüm!" dedi Alice. Bunun üzerine az önce okuduğunuz tuhaf maceraları hatırlayabildiği kadarıyla ablasına anlattı. Anlatmayı bitirince ablası onu öpüp, "Gerçekten de tuhaf bir düşmüş, ancak şimdi koş çayını iç, geç oldu," dedi. Böylece Alice ayağa kalkıp koşmaya başladı. Koşarken ne kadar harika bir düş gördüğünü düşünüyordu.

Alice oradan uzaklaşırken ablası başını ellerinin arasına almış, bir yandan güneşin batışını izlerken bir yandan da küçük Alice'i ve anlattığı tüm o harika maceralarını düşünüyordu, ta ki kendisi de hayal meyal bir düş dünyasına dalana dek. Onun gördüğü düş şöyleydi:

Önce küçük Alice'i düşledi, yine ince ellerini dizlerine dayamış, parlak gözleriyle kendisininkileri süzüyordu. Kulaklarında Alice'in sesi çınlıyor, durmadan gözlerinin önüne düşen saçlarını savuruşunu görür gibi oluyordu – dinlerken ya da dinlermiş gibi görünürken, çevresi küçük kardeşinin düşündeki tuhaf yaratıklarla canlanıverdi.

Beyaz Tavşan aceleyle koşarken ayağının altındaki otları hışırdattı, korkak Fare önündeki su birikintisini aştı; Mart Tavşanı ve arkadaşlarının bitmek bilmeyen kahvaltılarında kullandıkları fincanların şıngırdamasını, Kraliçe'nin o tiz sesiyle onun bunun kafasının uçurulması için emirler yağdırdığını işitebiliyordu, tabak çanaklar havada uçuşurken Düşes'in dizlerindeki domuz-bebek hapşırıyordu, bir kez daha Griffin'in haykırışı, Kertenkele'nin kaleminin çıkardığı ses, susturulan kobayın hırıltısı, kederli Sahte Kaplumbağa'nın hıçkırıklarıyla bir olup havaya karıştı.

Gözleri kapalı, öylece oturdu, sanki Harikalar Diyarı'ndaydı. Bir yandan da gözlerini açtığında her şey o donuk gerçekliğine bürünecekti; çimenler yalnızca rüzgar ile hışırdayacak, su birikintileri yalnızca sallanan sazlıklarla dalgalanacak, çay fincanları yerine koyunların çanları şıngırdayacak, Kraliçe'nin haykırışları yerine çobanın sesini duyacaktı. Bebeğin hapşırması, Griffin'in çığlığı ve diğer tüm o tuhaf sesler (emindi bundan), çiftliğin bin seslerine dönüşecekti. Sahte Kaplumbağa'nın dinmek bilmeyen hıçkırıkları yerine uzaklarda böğüren ineğin sesini işitecekti.

Son olarak, bu küçük kız kardeşinin bir gün nasıl kendisi gibi yetişkin bir kadın olacağını düşledi; olgunluğa eriştiğinde çocukluğunda kazandığı o basit, sevgi dolu yüreği nasıl koruyacağını, nasıl çevresinde başka çocukları toplayıp anlattığı öykülerle, hatta belki yıllar yıllar öncesine ait Harikalar Diyarı'nın öyküsünü anlatarak onların da gözlerinin pırıl pırıl parlamasını sağlayacağını, onların küçük üzüntülerini içinde hissedeceğini ve kendi çocukluğunu, geçirdiği yaz günlerini anımsayarak onların ufak mutluluklarından kendine de mutluluk çıkaracağını düşledi.

Yazar Hakkında

Lewis Carroll

Doğumu: 27 Ocak 1832 Daresbury,
Warrington, Cheshire, İngiltere
Ölümü: 14 Ocak 1898 Guildford,
Surrey, İngiltere

Asıl adı Charles Lutwidge Dodgson olan Lewis Carroll, 27 Ocak 1832'de İngiltere'nin kuzeyinde dünyaya geldi. 1861 yılında Oxford Koleji'nden dereceyle mezun oldu ve matematik alanında doçentlik unvanı aldı. 1862 yılında yazmaya başladığı çocuk öyküsü *Alice Harikalar Diyarında*'nın kahramanı, okul müdürünün ortanca kızı Alice'ti. *Alice Harikalar Diyarında* ve 1872'de bu öykünün devamı olarak yazdığı *Aynanın İçinden* kısa sürede klasikler arasına girdi. Kendi adıyla yazdığı pek çok şiirin yanında matematikle ilgili eserler de vermiştir. Yaşamının büyük bölümünü İngiltere'nin kuzey sahillerinde geçirmiş, 1898 yılında da yine burada yaşama veda etmiştir. Eserlerinin çoğunu yazdığı Whitburn'de anısına bir heykel dikilmiştir.

İŞ ÇOCUK KLASİKLERİ

Binbir Gece Masalları
Antonie Galland
Çev. Ferit Namık Hansoy

Değirmenimden Mektuplar
Alphonse Daudet
Çev. Sabri Esat Siyavuşgil

Baskerville'lerin Köpeği
Arthur Conan Doyle
Çev. Ender Gürol

Kızıl İpucu
Arthur Conan Doyle
Çev. İpek Babacan

Pinokyo
Carlo Collodi
Çev. Egemen Berköz

Peri Masalları
Charles Perrault
Çev. Volkan Yalçıntoklu

Bir Eşeğin Anıları
Comtesse De Segur
Çev. Güzin Sayar

Sophie'nin Başına Gelenler
Comtesse de Segur
Çev. Güzin Sayar

Küçük Prenses
Frances Hodgson Burnett
Çev. Sinan Ezber

Altın Anahtar- Ağırlıksız Prenses
George MacDonald
Çev. Sinan Ezber

Peter Pan
James M. Barrie
Çev. Betül Avunç

Bir Gençlik Masalı
Jean Webster
Çev. Sinan Ezber

Heidi
Johanna Spyri
Çev. Saffet Günersel

80 Günde Dünya Gezisi
Jules Verne
Çev. Bertan Onaran

Bir Gazetecinin Yolculuk Notları
Jules Verne
Çev. Ferid Namık Hansoy

Denizde Bulunan Çocuk
Jules Verne
Çev. Ferid Namık Hansoy

Güneş Sisteminde Seyahat
Jules Verne
Çev. Ferid Namık Hansoy

Michel Strogoff
Jules Verne
Çev. Volkan Yalçıntoklu

Tuna Klavuzu
Jules Verne
Çev. Ferid Namık Hansoy

Alice Harikalar Diyarında
Lewis Carroll
Çev. Sinan Ezber

Oz Büyücüsü
L. Frank Baum
Çev. Volkan Yalçıntoklu

Tom Sawyer
Mark Twain
Çev. Gökçen Ezber

Mutlu Prens
Oscar Wilde
Çev. Roza Hakmen-
Fatih Özgüven

Kimsesiz Kız
Hector Malot
Çev. Feyza Algan

İşte Öyle Hikayeler
Rudyard Kipling
Çev. Begüm Kovulmaz

Mercan Adası
R.M. Ballantyne
Çev. Gökçen Ezber

Define Adası
R.L. Stevenson
Çev. Nurettin Elhüseyni

La Fontaine Masalları
Tahsin Yücel

OKUL DÖNEMİ

Bilgisayar Annie
Alexander McCall Smith
Çev. Levent Cinemre

Çikolata Para Macerası
Alexander McCall Smith
Çev. Levent Cinemre

Öğretmen Macerası
Alexander McCall Smith
Çev. Levent Cinemre

Patlayan Balonlar Macerası
Alexander McColl Smith
Çev. Levent Cinemre

Sihirli Dünya Tekboynuz
Alison Green

Ejderha
Andreas Göbling
Çev. Itır Arda

Bale Düşleri (Ansiklopedi)
S.Davidson, K. Daines
Çev. Filiz Emre

Billie'nin Yaramazlıkları
Ann Bryant
Çev. Sinan Ezber

Süperdedektif Damian Drooth-Casus Avcısı
Barbara Mitchelhill
Çev. Betül Avunç

Süperdedektif Damian Drooth - Kayıp Kız
Barbara Mitchelhill
Çev. Betül Avunç

Süperdedektif Damian Drooth - Nasıl Dedektif Olunur
Barbara Mitchelhill
Çev. Betül Avunç

Süperdedektif Damian Drooth-Pop Yıldızının Düğünü
Barbara Mitchelhill
Çev. Betül Avunç

Süperdedektif Damian Drooth-Duvar Yazısı Olayı
Barbara Mitchelhill
Çev. Betül Avunç

Yaramaz Bebeğin Maceraları
Barbro Lindgren
Çev. Ali Arda

Duygu'nun Doğum Günü Armağanı
Betül Avunç

İkiz Gezginler'in Serüvenleri
Betül Avunç

İkiz Gezginler İstanbul'da
Betül Avunç

Danny Cloke'un Talihsiz Maceraları- Hayalet Yazar -1
Bowayne
Çev. Betül Kadıoğlu

Danny Cloke'un Talihsiz Maceraları- İnanılmaz Tılsım- 2
Bowayne
Çev. Volkan Yalçıntoklu

Süperlerin Korsan Gemisi
Charles E. Reasoner

Altın Pusula- Kuzey Işıkları
Clive Gifford
Çev. Mustafa Karakuş

Ottoline ve Sarı Kedi
Chris Riddel
Çev. Mehmet Murat İnceayan

Çerçeve
Frank Cottrell Boyce
Çev. Emine Ayhan

Peter Pan Define Avında
Geraldine McCaughrean
Çev. Candan Baysan

Andersen Masalları
Hans Christian Andersen
Çev: Murat Alpar

Prenses Gelincik- Gerçek Prenses
Janey Louise Jones
Çev: Ayser Ali

Prenses Gelincik- En Güzel Prenses
Janey Louise Jones
Çev: Ayser Ali

Prenses Gelincik- Arkadaşım Leylak
Janey Louise Jones

Prenses Gelincik- Panayır Balosu
Janey Louise Jones

Prenses Gelincik- Doğum Günü
Janey Louise Jones

Prenses Gelincik- Gösteri
Janey Louise Jones

Prenses Ayna Güzeli
Julia Donaldson
Çev. Duygu Akın

Prenses Ayna Güzeli ve Sihirli Pabuçlar
Julia Donaldson
Çev. Duygu Akın

Prenses Ayna Güzeli ve Uçan At
Julia Donaldson
Çev. Duygu Akın

Acar Hafiye - Büyük Sakız Soygunu
Jürgen Banschenus
Çev. Mustafa Karakuş

Acar Hafiye - Kaybolan Patenlerin Sırrı
Jürgen Banschenus
Çev. Mustafa Karakuş

Altın Pusula - Karanlık Cevher Dizisi
Kay Woodward
Çev. Mustafa Karakuş

Tıpatıp Lucy- Taşbebek Tılsımı
Kelly Mchain
Çev. Nurettin Elhüseyni

Tıpatıp Lucy- Matrak Moda
Kelly Mchain
Çev. Nurettin Elhüseyni

Tıpatıp Lucy- Pop Parıltısı
Kelly McKlain
Çev. Nurettin Elhüseyni

Savaş Esiri
Martin Booth
Çev. Yazgı Evrim Denizci

Kırmızı Bisiklet
Mirjam Pressler
Çev. Ayça Sabunoğlu

İnternet Canavarı I
Muharrem Buhara

İnternet Canavarı II
İnternet Kardeşim Muku
Muharrem Buhara

İnternet Canavarı III
Neredesin Burcu?
Muharrem Buhara

Ejderha Kanadı
Renate Welsh
Çev. Ayça Sabuncuoğlu

Asıl Hırsız
William Steig
Çev. Selahattin Özpalabıyıklar

Dominik
William Steig
Çev. Selahattin Özpalabıyıklar

Şrek
William Steig
Çev. Selahattin Özpalabıyıklar

Papatya ve Geyik Kardeşler
Pija Lindenbaum
Çev. Ali Arda

Papatya ve Koyunlar
Pija Lindenbaum
Çev. Ali Arda

Papatya ve Kurtlar
Pija Lindenbaum
Çev. Ali Arda

Miss Potter- Bir Aşk Masalı
Richard Malthy, Jr.
Çev. Volkan Yalçıntoklu

Güzel Uykular Alara
Tarık Dursun K.

Kahramanlar Ormanı
Simone Van Der Vlugt
Çev. Kevser Canpolat

BİLİM DİZİSİ

Kaya, Taş ve Kum
Asa Lind
Çev. Murat Özsoy

Hayvanlar Atlası
Anita Ganeri

Çocuklar Soruyor Nobel'liler Cevaplıyor
Bettina Stiekel
Çev. Elif Günçe

Dünyayı Öğreniyorum- Doğa Kitabım
Emma Godfrey, Sarah Hartley

Dünyayı Öğreniyorum - Zamanda Yolculuk
Emma Godfrey, Sarah Hartley

Dünyayı Öğreniyorum- Teknoloji ve Ulaşım
Emma Godfrey, Sarah Hartley

Dünyayı Öğreniyorum- Uygarlık Macerası
Emma Godfrey, Sarah Hartley

Tarih Canavarı-Antik Roma
Julia Bruce

Bilim Canavarı-Yerküre'nin Tarihi
Julia Bruce

Minik Dahi- Kemikler
Kate Lennard - Eivind Gulliksea

Minik Dahi- Beyin
Kate Lennard - Eivind Gulliksea

Matematiğin Anlamı
Kristin Dahl
Çev. Murat Özsoy

Beynimiz
Lernart Nidén
Çev. Ali Arda

Balıklar Nasıl Uyur
Margot Berger
Çev. Mustafa Karakuş

Okyanuslar Atlası
Nicholas Haris

Uzay Atlası
Nicholas Haris

Bilmeniz Gereken 101 Şey ve Pek de gerekmeyen birkaç tanesi
Richard Horne – Trancey Turne
Çev. Demet Uysal

Keşifler Atlası
Sarah Harrison

SANAT EĞİTİMİ DİZİSİ

Sanat Hazineleri
Rosie Dickins

Benim Sanat Kitabım
Rosie Dickins

ÇIKARTMALI KİTAPLAR

Balinalar ve Yunuslar
Efsanevi Kahramanlar
Uçaklar
Uzay
Vücudumuz
Çirkin Ördek Yavrusu
Güzel ve Çirkin
Külkedisi
Sırma İle Üç Ayı
Uyuyan Güzel
Uçaklar
Pisiler
Havhavlar
Çıkartmalı Kıyafetleriyle Balerinler - Periler
Çıkartmalı Kıyafetleriyle Kızlar - Prensesler
Kuşları Öğrenelim
Doğanın Devleri
Balıkları Öğrenelim

ÇIKARTMALI HOBİ SERİSİ

Kuşlar
Arabalar
Uçaklar